アルファの寵愛
〜パブリックスクールの恋〜

Nao Yurino
ゆりの菜櫻

CHARADE BUNKO

Illustration

笠井あゆみ

CONTENTS

アルファの寵愛～パブリックスクールの恋～

◆　プロローグ　◆

灰色の建物の間から、ロンドンでは珍しいほどの澄みきった青空が見えていた。今日はどこかでパレードが行われているのか、風に乗ってマーチングバンドの演奏が聞こえてくる。

ガルシア侯爵家の嫡子、ヒューズ・ルーカス・ガルシアはそんな音楽を耳にしながらわくわくしていた。

長かった夏期休暇もそろそろ終わりを告げる。来月、九月になれば、ヒューズはいよいよロンドンでも有数のパブリックスクール、エドモンド校へ入学することが決まっていた。

「上手く、抜け出せたな……」

今日、ヒューズは使用人たちの目を盗んで屋敷から抜け出してきていた。

先週まで、イングランド北西部にある領地内のカントリーハウスで大勢の使用人、そして家庭教師と共に暮らしていたため、この騒がしいロンドンという都会に出てみたくて、うずうずしていたのだ。

都会らしい町へとやってきたのだから、冒険心が擽《くすぐ》られるのは仕方がない。大体、こんなに大勢の人間を目にするのも久しぶりだった。たぶん去年のバースデー・パーティー以来のことだろう。

「わぁ……」

思わずヒューズは声を上げてしまった。広場の一角で、移動式のメリーゴーランドが動いていたのだ。

「乗りたいな……」

ポケットに入っているのは、親から持たされているクレジットカードだ。だが、確か家庭教師から、こういう場所では現金のみの店が多いようなことを聞いたことがあった。

このメリーゴーランドも、現金しか駄目なんだろうか……。

しばらく様子を見ていたが、メリーゴーランドに乗る誰もが小銭を渡している。オンライン決済もやっていないようだった。

「どうしよう……乗れないかな」

そう呟《つぶや》いた時だった。背後から声をかけられた。

「おにいちゃんも乗りたいの？」

「え？」

声のしたほうへ振り向くと、自分よりも年下であろう少年が、目をきらきらさせてヒューズを見上げていた。

黒い艶《つや》やかな髪と同じ色の瞳があまりにも綺麗《きれい》で見惚《みと》れてしまう。そして右目の下のほくろがまた、彼の可憐《かれん》さを際立たせていた。

可愛《かわい》い……。

なぜか、最初にそんなことを思ってしまった。すると少年がなかなか答えないヒューズを不思議に思ったのか、小首を傾《かし》げる。その仕草も、リスのような小動物を思い出させるもので、やはり可愛かった。

「おにいちゃん？」

「あ……うん、でもお金の払い方がわからないんだ。みんながおじさんに手渡しているのってお金？　現金でないと駄目なのかな。クレジットカードなら持っているんだけど」

「カードは駄目かも。よくわからないけど……」

少年が困ったように眉を顰《ひそ》める。そんな表情さえ、ヒューズの心を惹《ひ》きつけた。

なんだろう……。この胸が擽ったいような感覚……。

少年の顔をじっと見つめていると、少年が恥ずかしそうに頬を桃色に染めて視線を下に向けた。その場所から動かないということは、何かまだ用事があるということだろうか。

ヒューズは少年が話し出すのを待った。すると少年が意を決したかのように、急に顔を上げた。

「あの、おにいちゃん！」

「なに？」

「あの、もしよかったら、ぼくと一緒にお馬さんに乗ってくれる？　その代わり、お金はぼくが出すよ！」

「え？」

「あの一番大きな、青いお馬さんに乗りたいんだ。だけど怖くて……」

少年の視線の先をたどると、メリーゴーランドにひと際大きな青色の馬が回っているのが目に入った。子供二人なら乗れそうだ。

「……ぼくと一緒に乗ってほしいの」

「一緒にって……」

「だめ？」

こんな、零《こぼ》れるのではないかと思えるほどの大きな瞳に見つめられて、『駄目』だなんて言える人間はそうそういないと思う。ヒューズも例外ではなかった。

「あっと……ああ、いいよ」

「ほんと？」

少年の顔がぱっと花が咲いたように明るく輝く。

「ああ、ただし、後でお金は返すよ。名前を教えて？　この辺りに住んでるの？」

「うん……。ぼくの名前は奏《そう》・ウォルター・サイモン。家は――」

サイモン。近所でサイモンと言ったらサイモン子爵家のことかもしれない。ここに来た時に父から、粗相があってはならないと、住居の近い貴族のことを教えられたところだ。

「もしかしてサイモン子爵家の子？」

「うん、おにいちゃんは？」

「僕はヒューズ・ルーカ……」

ヒューズは一瞬、名前を言いかけたが、イギリスでも屈指の名家、ガルシア侯爵家の者だと知れると、彼が敬遠するかもしれないと思い、言うのをやめた。

「そのまま、おにいちゃんって呼んでくれればいいよ」

「じゃあ、おにいちゃん、この近くに住んでいるの？」

「ああ、先週からすぐそこに住んでいるよ」

「先週から？　おにいちゃんは引っ越してきたの？　もしかして明日も一緒にメリーゴーランドに乗ってくれる？」

奏と名乗った少年は目を輝かせて問いかけてきた。

「引っ越してきたっていうか、もうすぐエドモンド校に入学するんだ。それで準備もあって早めにロンドンに移ってきたんだ」

「エドモンド校！」

頬を紅潮させ、奏が驚いたように声を出した。

「すごい、おにいちゃん、エドモンド校に入学するの？　ぼくもおとうさまから入るように言われているけど、家庭教師のエディが今の成績では駄目だって言うんだ……」

「君は今、何歳？」

「七歳」

「じゃあ僕と六歳違うんだね。僕も君くらいの歳《とし》の時は、そう言われていたよ。だから大丈夫、勉強すれば受かるさ」

「本当？　大丈夫かな……」

「大丈夫、あ、ほら、もうすぐメリーゴーランド乗れそうだよ」

「あ！　じゃあ、おにいちゃん、一緒に列に並ぼうよ！」

そう言って、少年がいきなりヒューズの手を握ってきた。思わずどきりとする。どうしてこの小さな少年に、こんなに気持ちが振り回されるのかわからなかった。

「おにいちゃんが一緒に乗ってくれてよかった！」

少年は嬉《うれ》しそうに何度もヒューズに感謝し、メリーゴーランドに乗る。そして二回続けて乗ると、奏を連れに、迎えの人間がやってきていた。

「またね、おにいちゃん。明日、同じ時間にここで会おうね」

「待ってるよ」

何度も奏が振り返り、ヒューズに大きく手を振ってくる。ヒューズもまた奏に手を振り返し、その姿を見送った。

だが、翌日、奏は約束の時間に現れなかった――。

代わりに子爵家の使用人が現れ、ヨークシャーのカントリーハウスで静養している奏の母親が体調を崩したとのことで、奏は昨夜急いでヨークシャーに戻ったという説明を受ける。そして、奏から預かったという四つ折りにした手紙を渡された。

『おにいちゃん、昨日はありがとう。ごめんなさい。おかあさまがご病気で、ヨークシャーに戻らないといけなくなりました。また遊んでね。　奏』

「奏……」

ヒューズの胸の奥がざわついた。何か大切なものを失《な》くしたような狂おしい喪失感が襲ってくる。

なんだろう……この感じ。

ヒューズは小さな少年が書いた手紙をそっと胸に抱き締めた。

◆ I ◆

ん……。

奏・ウォルター・サイモンは、ふと目を覚ました。すぐに視界に入った部屋は、朝陽《あさひ》に照らされて柔らかな光に包まれている。

奏のビスクドールかと思われるほどの、きめの細かい肌は、朝陽のヴェールを纏《まと》って薄っすらと輝いていた。ゆらりと揺れる美しい黒い瞳は、日本人の母譲りのものである。

日曜日の朝は、一年前からこのロンドン有数の老舗《しにせ》ホテルのスイートルームで目を覚ますのが日課になっていた。

懐かしい夢だった……。

子供の頃の夢だ。ロンドンの街角で見知らぬ少年と仲良くなり、メリーゴーランドに乗ったことがあったが、その時のことが、時々こうやって夢に出てくるのだ。

名前、なんだったかな……。

当時七歳だった奏の記憶に、少年の名前は残っていなかった。ただ、とても端整な顔立ちをした少年だったことは覚えている。

あの少年に会ったことで、奏はエドモンド校に絶対入りたいと思い、必死で勉強をして無事に入学できた。彼のお陰と言っても過言ではない。

彼は六歳上なので、在学期間が重ならないことは知っていたが、それでも彼が過ごしただろう学校に在籍できることが嬉しかった。

いつか会いたい……。

そんなことを思いながら、ついに奏も最高学年、五学年生となっていた。

そろそろ起きないと……。

そっとベッドから抜け出そうとすると、後ろから奏の腰に手を回す人物がいた。

「奏、まだいいだろう?」

甘い声で囁《ささや》くのは、家庭教師として個人的に雇っているヒューズ・ルーカス・ガルシアだ。振り向けば、朝陽に照らされきらきらと輝くプラチナブロンドが目に入る。その下から覗《のぞ》くエメラルドのように美しい色をした双眸《そうぼう》が奏を捉《とら》えていた。

この極上の容姿をした男は、イギリス屈指の大貴族、ガルシア侯爵家の嫡子で、オックスフォード大学院を卒業しているエリートである。そしてアルファでもあった。奏は三学年生の途中から、彼に週末だけ勉強を教えてもらっていた。ヒューズのお陰で、短期間で奏の成績はみるみるうちに伸び、三学年生終了時には、無事に最上級シックスフォームへと進級した。

エドモンド校では自習の時間、チューターに学ぶ他に、個人的に家庭教師を雇うことが認められている。もちろん学校からも審査を受け、その人物が家庭教師として相応《ふさわ》しいと認められなければならない。

ヒューズはエドモンド校在学中、キングでもあったので、学校からはすぐに許可された。いや、許可どころか、歓迎されたと言っても過言ではない。教師らはヒューズを喜んで迎え入れ、多くの特権も与えていた。

「ほら、もう少しこうしていよう」

「ヒューズ……あっ」

すぐにベッドへと引き戻される。シーツの下には均整のとれた躰《からだ》が隠されており、奏はそんな彼に抱き締められた。奏も彼も裸のままで、何も身に着けていない。昨夜から今朝《けさ》にかけて何度も肌を重ねたため、服を着る余裕がなかったのだ。

そう――――、日曜日、このホテルで目覚めるのも、ヒューズと一緒に夜を過ごすせいだ。

大学院を卒業した後もオックスフォードに拠点を置くヒューズは、毎週金曜日の夕方、オックスフォードからロンドンにやってきて、日曜日の夕方まで留《とど》まる。

だが、寮での宿泊は許されていないので、ヒューズは週末、このホテルのスイートルームから奏の許へ通うのだ。

家庭教師として雇っているのは奏側なので、その宿泊料を支払うと申し出ても、ビジネスでロンドンに来ているのもあるからと、断られている。実際、彼はオックスフォード大学在学中から、すでにビジネスを立ち上げ、一財産を築いている投資家でもあった。

彼が好んで泊まるこの部屋は、リバービューとされるもので、窓を開けると眼下にはテムズ川が流れ、ロンドン・アイやビッグベンを配する国会議事堂も見える、とても一般人が頻繁に泊まれるような部屋ではなかった。

金曜日の夜、奏の自習時間に勉強を教え、そして土曜日、奏が授業中の間は、彼は自分の用事を済ませに出掛ける。そして土曜日の夜から日曜日にかけて、このホテルで一応勉強をしてから、彼と肌を重ねるのだ。

「そろそろ起きないと……。昼からもドイツ語でわからないところを教えてほしいので。それに必要以上に寮へ帰るのが遅くなると、寮生たちに不審に思われますから」

「不審？　大丈夫さ。どうせ私たちの仲のことは、大体察しているだろうからな。皆、遠慮して知らない顔をしてくれるさ」

首筋にキスを落とし、ヒューズがそんなことを言ってくる。躰の芯がカッと熱くなるが、それを彼に悟られないように、奏はできるだけ澄ました声で答えた。

「たとえそうでも、けじめはきちんと示さなければ」

「さすがはマンスフィール寮の副寮長だな。優等生だ」

「……元キングだったあなたに言われると、あまり褒められた気にならないんですが」

「なるほど、私は家庭教師としては失格だな。君に信用されるよう、もっと君と触れ合わないといけないいな」

「どうしてそんな都合のいい……あっ……」

彼の手が奏の下肢をまさぐってくる。

「君のその右目の下の色っぽいほくろを見ていると我慢できなくなるんだ、許してくれ」

「許してくれって……んっ……」

「夕方にはここを出て、オックスフォードに戻らないとならないんだ。もう少しいいだろう？　奏」

「あなた、僕に勉強ではなく、セックスを教えに来ているんですか？」

「フッ、そうとも言えるな」

ヒューズは形のよい唇に笑みを刻み、奏を組み敷いた。

「後で、とびっきりのランチを食べよう、奏」

奏の右目下のほくろにチュッと優しくキスをする。

「そうやってすぐに食べ物で釣ろうとする」

「君の気を惹くのに必死なのさ」

首筋に顔を埋《うず》め、囁いてくる。下半身に響く甘い声だ。

「奏、食べ物が嫌なら何がいいんだ?」

今度は悪戯《いたずら》っぽく耳朵《じだ》を甘噛《あまが》みされた。

「んっ……何がいいって……僕が何もいらないって言って、断る余地はないんですか?」

「ないな。悪いが、私はポジティブ思考でね。大学でもそれがビジネスの成功に繋《つな》がると習っているよ」

「ヒュー……んっ……」

奏の唇はヒューズの口づけによって塞《ふさ》がれたのだった。


そして昼過ぎ、ヒューズと一緒に近くのカフェで遅めのランチを取り、再び夕方まで勉強を教えてもらって、彼がオックスフォードに帰るのを見送った。大体いつも、これが奏の日曜日の生活スタイルとなっていた。

＊＊＊

ここ、ロンドン郊外にある、四百年以上の歴史を誇るエドモンド校は、伝統に重きを置くパブリックスクールでは珍しく、優秀な生徒であれば、すべてのバース、アルファ、オメガ、ベータを平等に受け入れるという前衛的な全寮制男子校である。

現在、このエドモンド校では、十三歳から十八歳の良家の子息が千三百人ほど学んでおり、寮もオメガの待避寮を一つ含めて十六ある。オメガも勉学に励む環境やその身の安全を保障されており、発情期を迎えれば、他の生徒から隔離され、つがいがいなくとも専用の待避寮で安全に発情期を過ごせるシステムも出来上がっていた。

バースや身分で差別することを一切禁止しているのがエドモンド校である。

奏は五学年生になり、制服を一新した。白のファルスカラーのシャツ、黒の燕尾服は新入生から変わらないが、その他は四学年生から細々と制服の色が変わるのだ。

そして五学年生になった今学期では、ピンストライプのトラウザーズがグレーの色に変わり、金ボタンがついた銀のベストを身に着けられるようになる。

さらに奏は監督生でもあるので、他の五学年生とは違い、銀のベストには柄が入り、白のレースのハンカチーフを胸に飾る栄誉を授かっていた。

いよいよエドモンド校、最後の一年間が始まる――。

この制服を着られるのもあとわずかだと思うと、身の引き締まる思いだ。

新学期ではばたばたとした九月、十月もあっという間に過ぎ、十一月に入るとエドモンド校もすっかり秋色に染まり、黄金色に輝く小道を、木の実で頰をいっぱいに膨らませたリスが、素早く横切っていくのをよく目にするようになる。動物も人間も冬支度に入る時期になっていた。生徒たちも、そろそろ黒のフロックコートを準備し始める。

十一月は大きなイベントがいくつも行われる月でもあった。

まずは五日のガイ・フォークス・ナイトが明けてすぐに、キングの選考会が催される。

キング──。

それは唯一、校舎内に執務室を持つことを許される生徒総代のことを指す。各寮長、十五人の中から、寮長の投票によって決められる生徒の最高位に当たる役職だ。

キングになることは、学校の中の話だけではなく、成人後の社交界でもかなりの名誉とされ、上級社会で成功したければ、まずキングの座を狙《ねら》えと言われるほどのものである。

もちろんキングは簡単になれるものではなかった。五学年生になると任命される監督生に、できれば四学年生からならなくてはならない。そしてその監督生の中から寮長に任命され、初めてキング選考会の席に着くことができるのだ。

だが、各寮から輩出された十五人は、優秀な人物が揃《そろ》う。そこからさらに上のキングに選ばれるのは至難の業だ。

そこで必要になるのは情報合戦だ。早い生徒は、二、三学年生くらいから各寮にネズミと呼ばれるスパイを放ち、各寮の様子を逐一把握する。そしてその情報から自分が有利になるよう頭脳戦を繰り広げるのだ。わずかな失態が命取りになるので、時にはライバルを蹴落とすために、罠《わな》を仕掛けて失脚させることさえあった。

様々な試練を乗り越え、勝ち取ったキングの座は、栄誉はもちろん、多くの特権を許される至高の存在となる。

制服も一般生徒とは異なり、キングにしか許されない色、臙脂《えんじ》色の光沢のあるシルクのベストを身に着けることができた。

黒の燕尾服の下から見える臙脂色のベストは、全校生徒の憧れである。

奏がいるマンスフィール寮の寮長も、もちろんキングを狙ったが、票を勝ち取ることができなかった。ライバル寮の一つ、リネカー寮の寮長がキングに選出されたのだ。そのため今、奏のいるマンスフィール寮のサロンも、いつもより静かだった。

「はあ……」

奏の隣に座る寮長、要するにキングになれなかった友人、ジャン・クック・アルバートが大きな溜息《ためいき》をついた。

「辛気くさいぞ、ジャン」

校内ではファミリーネームで呼び合うのが慣例ではあるが、友人であるジャンを含め、特に仲のいい寮友の間では、プライベートの時はファーストネームで呼び合っている。

「はぁ……あと数票あれば、私がキングになれたのにと思うと、落ち込まずにはいられない……」

「その数票が難しいんだけどな」

「……奏、君は私を慰めてくれるつもりはないのか？」

「慰める必要はないだろう？　君は強い男だ。すぐに復活するのはわかっている」

そう言ってやると、ジャンが複雑な表情をする。奏は言葉を足した。

「君を褒めているんだよ」

「今は慰めが欲しい……」

ジャンから間髪《かんはつ》容《い》れずにそんな言葉が返ってきた。

「ほら、もう気持ちを切り替えろよ。二週間後には新入生親睦会だぞ。しかもうちの御井《みい》所由《しょゆ》葵《き》がギネヴィア姫に選ばれて、最初から一ポイントが我が寮に入るんだ。今度こそ、我がマンスフィール寮に栄光を」

「栄光を……」

覇気のない声でジャンが呟く。奏はそんなジャンの肩を叩《たた》いた。

「ったく、ジャン、年間ＭＶＰを獲得して、キングを輩出したリネカー寮を、蹴散らしてやればいいだろう？」

寮対抗の試合などはすべてポイント制になっており、一年を通して合計ポイントが一番高かった寮が年間ＭＶＰを獲得できる仕組みになっている。そのため、最も優秀で勇猛な寮が貰《もら》えるとされる、年間ＭＶＰを狙う全寮の寮生たちは、そのポイントの獲得に大いに盛り上がるのだ。ＭＶＰを獲《と》ったからといって何かあるわけではないが、それは名誉とされ、代々受け継がれるキングの手帳にその寮の名が記載されることになっていた。

過去に何度その名前が手帳に載ったかで、各寮の優劣が決められていると言っても過言ではない。利のない名誉こそ、紳士が誇るべきものだと、各寮の生徒たちは愛寮精神の許、切磋琢磨《せっさたくま》していた。

「そうか……よし、そうだな、その通りだ！」

ジャンの声に力が漲《みなぎ》ってきた。先ほどとはまったく違う力強さを感じる。

「で、御井所のドレス選びは進んでいるのか？」

「ああ、この間、テーラーで採寸をしてきたよ。華奢《きゃしゃ》な御井所に合うドレスはなかなかないから、一から作り直す予定だ」

御井所由葵。今年の新入生で、ギネヴィア姫という大役に選ばれた奏のファグである。

ギネヴィア姫というのは、在校生が新入生の中で一番美人だと思う学生に票を投じ、見事一位になった新入生が扮《ふん》する、新入生親睦会のキーマンだ。

新入生親睦会というのは、各寮から新入生の代表を選出し、寮対抗戦を行うフェンシング大会のことである。

だが、ただの大会ではない。男ばかりの寂しい学校生活を少しでも潤そうと、何かと趣向を凝らしたものであった。

ギネヴィア姫の扮装はその最たるものであるが、他の選手たちも試合の直前まで、アーサー王の円卓の騎士を模して、甲冑《かっちゅう》を着せられ、パフォーマンスを要求されるのだ。

「しかし、あの優等生の御井所がよく承諾したな。奏、説得大変だっただろう？」

「あの子はああ見えても、寮の中で自分がどういう立場なのか、よく見極めている優秀な子だよ。戸惑いはあるようだけど、完璧なギネヴィア姫を演じてくれるはずだ」

「さすが、御井所のファグ・マスターなだけはあるな。彼をしっかり見ているじゃないか」

ファグとは、各寮で最上級クラス、シックスフォームに在籍している四、五学年生の監督生の身の回りの世話をする一学年生のことを言う。

監督生はそれぞれファグを持ち、いろいろと雑用をさせる代わりに、彼らが円滑に学園生活を送れるように援助し、そして指導していく。

監督生はファグにとって、いわゆる生活面での教師のような役割となるのだ。

ファグの任期は一年と短いが、育《はぐく》んだ絆《きずな》は強く、卒業後も関係が続くことがほとんどだった。在校生と卒業生の繋がりが強いのもパブリックスクールの特徴であろう。

「お、噂《うわさ》をすれば御井所だ。お前の紅茶が飲み終わっていることに気づいたようだ」

ジャンに言われ、ちらりとサロンの入り口に目を遣ると、御井所がポットを持ってこちらへやってくるのが見えた。

「マスター、お茶のお代わりはいかがですか？」

御井所が涼やかな声で尋ねてくる。彼には奏と同じ日本人の血が混じっているが、彼の場合は、両親共に日本人で、さらに日本でも由緒正しい家柄の長男である。

「ああ、貰うよ。ありがとう、御井所。もうこれでいいから、君も同級生と一緒にお菓子を食べてきなさい。あと、今日の自習時間に悪いけど、テーラーがドレスの仮縫いをするらしいから、またサロンに顔を出してくれるか？」

「はい、わかりました」

「あ、それと、これ。パイを貰ったから、一学年生たちで食べるといい」

奏はテーブルの上に置いてあったパイの入った箱を手に取ると、御井所に渡す。

「ありがとうございます」

御井所は嬉しそうに一礼すると、そのまま同級生が集まる一角へと歩いていった。御井所が向こうへ行ったのを確認して、ジャンが小声で囁いてくる。

「奏、あのパイ……貰ったって、君が街に出て、わざわざ買ってきたんだろうに」

「内緒だよ。僕が買ったって言うと、御井所が恐縮するからね。貰ったって言えば、彼も気兼ねなく食べられるだろう？」

「なるほど……」

ジャンが納得とばかりに頷《うなず》く。奏は楽しそうに同級生と笑い合う御井所の背中を見ながら言葉を続けた。

「気を遣ってくれる子だけど、余計な気を遣ってほしくないし、もしこのことに気がついても、御井所がファグを持つ学年になった時に、何かの役に立てばいいからね」

「御井所がファグ・マスターになる頃か……。私たちはとっくにここを卒業しているどころか、下手したら大学も卒業しているかもしれないな」

ジャンが遠くを見るように目を細める。

「早いな。僕たちも、もう五学年生だ。ああやってファグをやっていたのが、つい最近のような気がするな」

奏はジャンの言葉に、つい自分が一学年生だった頃を思い出す。あれから丸四年。いよいよ最終学年になってしまった。この愛《いと》しいエドモンド校を卒業しなければならない。

そして同時に、奏の未来も不安に揺れた。

奏は未《いま》だにバースが未覚醒である。五学年生になるとほとんどの生徒のバースが決まるのだが、奏は遅いほうで、まだバースが確定していなかった。

バース……。

奏の胸がしくりと痛みを発した。

実は、奏の実家であるサイモン子爵家は、数年前に事業に失敗して、破産寸前まで行ったことがある。

父の事業が傾き出したのは、奏がこのエドモンド校に入学してしばらくしてからだ。そして、奏が三学年生になる頃には、父の事業は一生をかけても返済しきれないほどの大きな損失を出し、奏も退学を覚悟した。

その時である。父の古くからの友人を介して、会社へ出資の話が舞い込んだのだ。

相手が出資してくれるのは、父の事業だけではなかった。奏の学費も面倒を見てくれるという話で、このまま大学も援助してくれるというものだった。もちろん父の事業が軌道に乗れば、そこで奏への援助は終了となる。

その話に、これでサイモン子爵家もやり直せると、皆が安堵《あんど》した。だが、この出資を受けるには、特別な条件があった。

奏の結婚である。

どこで聞いたのか、サイモン子爵家嫡男である奏のバースがまだ確定していないことを、出資者は知っていたようだった。

奏の家は、時々オメガという珍しいバースが生まれる家系である。

生活に困窮していようとも、古くから続く名門サイモン子爵家のオメガというのは、貴族の間ではとても重宝され、特にアルファの嫡男がいる貴族にとっては、喉から手が出るほど欲しいものでもあった。

オメガがアルファと結婚した場合、アルファを産む確率がぐんと高くなるのだ。そのため、この出資者も奏のオメガ覚醒を狙っているようだった。

奏のバースがアルファやベータであれば、出資した金は、奏の父の事業に負担がかからないよう、ゆっくりと返済すればいい。だが、奏がオメガとして覚醒した場合は、借金は帳消しとなる代わりに、この出資者との結婚が条件となった。

当時、奏は悩む家族に、こんな好条件はないから出資を受けるようにと勧めた。

何しろオメガは三つのバースの中でも、最も覚醒率が低いバースである。奏がなる可能性など低いに決まっていた。

決まっていた。決まっていたのに――――。

一向にバースが覚醒することがなかった。今やマンスフィール寮の五学年生で未覚醒なのは奏だけである。このまま一生、未覚醒であることはあり得ない。間違いなく、一刻一刻と、運命の判定が近づいているのは確かだった。

オメガか、それ以外か――――。

まるで真綿で首を絞められているようだ。

早く覚醒してほしい。オメガ以外ならなんでもいい――――。オメガにならなければ、この呪縛のような契約から解放される。

怖い……。

もし、オメガに覚醒したら、見ず知らずの男性と、本当に結婚しなければならないのだから――――。

二年前は、父の事業の立て直しと、この学園に在籍し続けることに必死で、よい条件とばかりに家族を説得し飛びついた。だが実際、その時が近づいてくるにつれて、奏の覚悟が揺らいでいるのも事実だった。

理由はわかっている。ヒューズだ。

奏は学業優秀で、大学はオックスフォードを狙っている。そのためにオックスフォード大学院、二年コースの修士課程を優秀な成績で卒業したヒューズを家庭教師として雇った。ヒューズは、奏を性欲処理に使っていると思う。だが、セックスも紳士のマナーの一つであることも理解できるので、奏は自分のために彼と肌を重ねていた。

ただ、それだけの関係なのに、どうしてか自分に結婚相手がいるとは、ヒューズには言えなかった。

……僕に結婚相手がいるかもしれないと知ったら、彼はどう思うだろうか。結婚相手がいるのに、こうやって浮気のようなことをしている僕を軽蔑するだろうか……。

彼にどう思われてもいいはずなのに、そんなことが心の片隅に引っかかってしまう。

大人の彼に振り回されている自覚はあった。このエドモンド校で最終学年生であり、マンスフィール寮の副寮長というエリートの肩書があるにもかかわらず、彼から見たら奏など赤子同然なのだ。

彼に対等に扱ってほしいというのは、僕の我儘《わがまま》なんだろうか……。

しくりと、奏の胸が痛む。なんの痛みなのかわからなかった。

プライドが傷ついた痛みだろうか……。

いつからヒューズがこんなに自分の胸の奥にまで住みついていたのか。

奏自身も驚くしかない。

彼と初めて会ったのは、奏が三学年生の時のクリスマス休暇で、まだ二年も経《た》っていないというのに――。

奏はその薄い瞼《まぶた》を閉じた。

＊＊＊

奏が三学年生の一学期が終わる頃の話だ。

オックスフォード大学を狙うなら、そこの卒業生を家庭教師として雇ったらどうだと、父のパブリックスクール時代の旧友が勧めてきたのがきっかけだった。

オックスフォード大学は、学生に学期中のアルバイトを禁止している。そのため現役の学生に家庭教師を頼むのは難しいため、卒業生で教えてくれる人材を探すことになった。

父の会社が大変な時に、余計な出費は避けたかったが、三学年生で退学するかどうかでごたごたとしてしまい、成績が落ち、勉強に遅れが出ていたのは確かだった。できれば三学年生の終わりには、四学年生で監督生になるためにも、シックスフォームに進級できる優秀な成績を残したかった。

社会人になってから、社交界で多くのコネクションを得ることを考えても、この学校に残り、よい成績を取ることは今後の子爵家にとって無駄ではない。

さすがにキングになるのは無理だとしても、寮長や副寮長という肩書を手に入れ、家を守《も》り立てることは可能だった。

そしてここの卒業生が多いオックスフォードかケンブリッジ、またはロンドン大学へと進むのが、子爵家復興への一番の近道である。

結局、父や家族の思いも背負い、奏は家庭教師を雇うことにしたのだ。


ヒューズに会ったのは、三学年生のクリスマス休暇の最中だった。

その日、家庭教師を探してくれるよう頼んでいた父の友人が、ヒューズを連れてヨークシャーのサイモン子爵家のカントリーハウスにやってきた。

美しいプラチナブロンドに、緑の瞳。年齢も奏の六歳上ということで、昔に出会った『おにいちゃん』ではないかと、奏をどきどきさせた。だが、

「奏、お前の家庭教師を引き受けてくださる、ガルシア侯爵家の嫡子に当たられる、ヒュ

ーズ・ルーカス・ガルシア殿だ。あまりご迷惑をおかけしないように」

え……ガルシア、侯爵家……?

『おにいちゃん』がそんな大貴族だったら、いくら子供の頃のことでも、名前くらい覚えているはずだ。

違う人――?

「初めまして、ヒューーズ・ルーカス・ガルシアです」

「あ……初めまして。奏・ウォルター・サイモンと申します。奏とお呼びください」

初めまして……。

奏は思わず心の中で反芻《はんすう》してしまった。

やっぱり違う人なのだろうか。それとも、昔のことで、もう僕のことを覚えていないのかもしれない……。

どちらかわからないが、ヒューズにとって、奏が初対面の人間であることには変わらなかった。

忘れられていたとしたら――。

寂しさがじんわりと胸に広がる。結局、憧れの『おにいちゃん』は、永遠に奏の心の中にだけいる存在なのだと納得するしかなかった。

そして一年と少し。奏はヒューーズと肌を重ねる仲となっていた――。

◆ Ⅱ ◆

十一月の第三週目の土曜日は、寮対抗で行われる新入生親睦会が開催される。

ギネヴィア姫は、試合ごとの勝者の騎士に白い薔薇《ばら》を一本ずつ褒美として渡すのだが、その薔薇は名誉とされ、試合に勝ち進むほど名誉と共に薔薇の本数が増えるという仕組みになっている。さらにその薔薇はドライフラワーにされて、次の年の新入生親睦会まで各寮に飾られ、栄誉を称《たた》えることになっていた。

そのため、寮同士で薔薇の数を競うのも恒例だった。だが一番の栄誉は、フェンシング大会の優勝者に贈られる月桂冠《げっけいかん》だ。ギネヴィア姫から贈られるそれは、優勝者の生徒がエドモンド校を卒業するまで、大切に保管される。そして生徒自身も月桂冠の主《あるじ》として一目置かれる存在となっていた。

今年のギネヴィア姫は、奏のファグ、御井所由葵であった。ドレス選びや仕草など、奏も御井所と一緒になって準備し、ようやく今日という日を迎えていた。

「陽だまりの君だ！」

「奏様、こんにちは」

奏が親睦会の会場でマンスフィール寮の席を確認していると、数人の下級生が挨拶をしに来る。奏が笑みを浮かべて応《こた》えると、わあっと声を上げながら恥ずかしそうに顔を赤らめた。

奏の取り巻きには、華奢な学生から、体格のよい学生まで、様々な下級生がいる。奏は、自分ではあまり目立った存在だとは思っていないが、『陽だまりの君』などと言われて、他の寮の生徒からも告白めいた手紙や詩集などをよく貰ったりしていた。

ただ実際、面と向かって愛の告白などは受けたことはないので、皆、兄を慕っているような気持ちでいるのだろうと、奏自身は理解している。ジャンはヒューズが手を回していると莫迦《ばか》な妄想を口にするが、そんなことは頭から信じていなかった。

「奏様、何かお手伝いすることはありますか?」

「ありがとう、大丈夫だよ。みんなも自分の寮の手伝いを優先してね」

「あ、僕たちはもう終わりましたから」

「奏！」

ジャンの声に振り向くと、彼が誰かを探しているようにこちらへやってきた。そしてついでとばかりに奏の取り巻きに声をかけた。

「ほら、君たち、そろそろ自分たちの席に戻りたまえ」

「あ、はい。では、奏様、失礼します」

「ああ、今日はお互い楽しもうね」

「はい、奏様。寮長、失礼しました」

さすがにマンスフィール寮の寮長に注意されたとなると、ここに留まることもできない。取り巻きの学生らは名残《なごり》惜しそうに戻っていった。

「奏、御井所はどうした？　姿が見えないようだが」

どうやらジャンは御井所を探しているようだった。

「今、キングと打ち合わせ中だ。いろいろと凝った演出をするみたいだよ」

「あいつ……いや、今はキングか。キングは今回の親睦会、かなり楽しみにしていたからな。くそ、忌々しい」

ジャンは、まだキング選で負けたことを認めたくないのか、新キングとなったリネカー寮の寮長を、一瞬であるが、『あいつ』呼ばわりした。

奏はそんなジャンを一瞥《いちべつ》し、話題を変えた。キングを軽んじる発言は、このエドモンド校では御法度だからだ。

「ところでジャン、ロベルトのほうは、準備はできているのかい？」

ロベルトというのは、御井所と同じくマンスフィール寮の新入生で、今回、寮の新入生代表でフェンシングの選手として出場する生徒の名前だ。

「ああ、多少緊張しているようだが、いい線まで仕上がったさ。なんといっても、我が寮自慢のフェンシング部長が鍛えたしな。筋肉痛だとか言っていたが、いい成績を残してくれるんじゃないかな？　ただ、問題はベリオール寮の新入生代表、アシュレイ・G《グリフィス》・アークランドだ。首席で入学した奴だが、フェンシングの腕前も凄《すご》いらしいぞ」

「アークランド伯爵家の自慢の長男だと聞いているよ。確かに今回、ロベルトにとっては一番厄介者な相手だろうな」

新入生の中でもかなり目立つ存在のアークランドは、まだ一学年生だというのに、他寮の人間でも知らぬ者はない人物であった。もちろん奏も知っており、だからこそ彼のフェンシングでの実力も承知していた。

「そろそろトーナメント表が発表になるだろう？　アークランドとは、なるべく後半で当たってほしいな」

八百長《やおちょう》があるといけないので、トーナメント表はぎりぎりまで公開されない。そのため、まだどこの寮と一回戦で当たるのかわからなかった。

「寮長が情けないことを言うな。ロベルトが勝つに決まっている。僕はそう信じているからな。君が信じなくてどうする」

そう言ってやると、ジャンが目を大きく見開いた。そして笑顔で頷く。

「その通りだな。よし、信じるぞ。信じる者は救われる」

相変わらずのジャンではあるが、これでも下級生の前ではしっかり寮長をやっており、情けない姿は奏を含む仲のよい生徒の前でしか見せなかった。彼特有の明るさとのリーダーシップでマンスフィール寮を引っ張っている。

「今年度こそマンスフィール寮がMVPを獲るぞ」

「ああ」

ここ数年、マンスフィール寮はMVPから遠ざかっていることもあり、寮生の意気込みは凄かった。

このフェンシング大会で優勝すれば、寮に貴重な一ポイントがつくので、ここはなんとしてでもマンスフィール寮のポイントを増やしておきたいところだ。

「とりあえずは、御井所がギネヴィア姫に選ばれたお陰で、最初から一ポイントはマンスフィール寮に与えられている。あとは優勝もして、ポイント総取りを目指すのみだな」

「噂をすれば、御井所が来たぞ」

ジャンの声に振り向くと、美しく着飾った御井所がこちらへ急いで歩いてくるのが見えた。ギネヴィア姫の衣装が似合い、本当に可愛らしい。

「マスター、遅くなってすみません」

ふと御井所のカツラに目が行く。カツラの毛が少し乱れていた。

「カツラ、どうしたんだ？　どこかで引っかけたのかい？」

奏は御井所のカツラを手で整えた。

「キングとの打ち合わせが終わり、ここへ戻るのに近道をしようとして中庭を横切った時に、枝に引っかけてしまいました。大丈夫でしょうか」

御井所が心配そうに尋ねてきたので、奏は彼に心配させないように笑顔を浮かべた。

「大丈夫だよ。ほら、手櫛《てぐし》で簡単に綺麗になったよ」

「よかったです」

御井所がほっとした表情をした。ギネヴィア姫の女装は大変であるのに、きちんと責務を果たそうとする彼の姿を、奏は微笑《ほほえ》ましく思う。そっと彼の肩をぽんと叩いて励ました。

「大役だけど、頑張って。今は新入生の中で、君が一番緊張する立場だとは思うけど、この経験は御井所にとって、エドモンド校で生活する上で役に立つはずだ。そして将来の武器にもなる。上を目指すつもりなら、武器はたくさん持っていたほうがいい。何もかもが君の成長に繋がるからね」

「はい、ありがとうございます。マスター」

御井所は見かけの可憐さとは裏腹に、実はとても頭が切れる少年だ。学年が上がるにつれ、マンスフィールド寮の中核、もしくはトップとなる生徒になるに違いなかった。

「ジャン、そろそろロベルトも会場に呼んだほうがいいんじゃないか?」

ロベルトは親睦会が始まるぎりぎりまで、他の場所で、上級生によるフェンシングの猛特訓を受けているはずだ。

「マスター」

「なに？　御井所」

「先ほど、ベリオール寮のアークランドに会いました」

「アークランドに？」

御井所の小さな頭が上下に振られる。

「あまり緊張しているようには見えませんでした……」

御井所の言いたいことが、すぐに奏に伝わってきた。要するにアークランドが緊張して、いつもより躰が動かないという事態はないということだ。おそらく万全の状態で試合に臨む形になるのだろう。

「それは手ごわいな」

「はい、気を引き締めたほうがいいかと思います」

御井所が真剣な顔をして奏を見上げてきた。まだエドモンド校に入学して二か月余り。それでもすでに、愛寮精神が彼にも芽生えてきているようだ。

「御井所、ロベルトに、あまりプレッシャーがかからない程度に忠告をしてやってくれ。私たちが言うと、彼に余計プレッシャーを与えてしまうからな」

「わかりました、マスター」

「それより、御井所、君は大丈夫かい？　緊張はしていないか？」

あまりに冷静に見えたので、逆に少し心配になり声をかける。

「正直に言うと緊張していますが、きっとどんな役割をいただいても緊張すると思うので、開き直って、ギネヴィア姫の役を全《まっと》うしたいと思います」

「ふっ、頼もしいな、御井所は。とりあえず、今日一日頑張って。親睦会が終わったら、ロベルトも誘って、美味《おい》しいケーキでも食べに行こう。頑張ったご褒美だ」

「はい」

「それは聞き捨てならないな」

いきなり御井所との会話に、違う声が割り入ってきた。

「ヒューズ！」

そこには、ここにいるはずのないヒューズの姿があった。元キングという肩書だけでなく、アルファで大貴族の、しかもかなりの男前のヒューズの登場に、その場にいた学生らが色めき立ち、遠巻きにして見てくる。

「ヒューズ様、今日も素敵だなぁ」

「こんなに近くでお姿が見られるなんて、幸運だ」

などなど聞こえてくる。相変わらずの目立ちようだ。奏は周囲の目を気にしながら、ヒューズに小声で話しかけた。

「あなた、どうしてこんなところに……」

「今日は新入生親睦会だろう？　懐かしくてね。見学の許可を取って、少し早めに来たんだ」

ヒューズが胸ポケットから美しい銀細工の懐中時計を取り出し、時間を確認しながら答えてきた。

「いつの間にそんな許可を取ったんですか？」

「ああ、由葵君、ギネヴィア姫、似合うね」

奏が文句を言おうとするも、ヒューズは華麗に無視をして、知らぬ顔で奏のファグ、御井所に笑顔で声をかける。しかもファーストネーム呼びだ。

「あ、ありがとうございます」

御井所も大先輩の、しかも元キングだったヒューズ相手には、かなり緊張しているようで、声を震わせていた。

「ヒューズ、今から親睦会の本番なんですから、御井所にいらぬプレッシャーを与えないでください」

「おや？　焼きもちを焼いてくれるのかい？　奏」

「焼きません」

「即行で答えられると、少し傷つくよ、マイ・スイート」

そんなことをヒューズが冗談で口にしたので、隣にいた御井所も、そしてジャンまでもが、ぎょっとした顔つきをした。

「ヒューズ、誤解を招くような呼び方をしないでくれますか？　御井所、彼は面白くない冗談をよく口にするんだ。あまり本気で受け取らないで」

「あ……はい。マスター」

未だ緊張した面持ちで頷く御井所の横で、ジャンがニヤニヤしているのが目に入った。後で彼にもしっかりと説明をしておかなければならない。

奏がやきもきしていると、向こうからキングがやってきて、ヒューズに挨拶をした。

「ガルシアさん、ご無沙汰しております。今日は楽しんでいってください」

「ああ、急に悪かった。伝統ある新入生親睦会、君の采配を楽しみにしているよ」

「ありがとうございます」

どうやらヒューズとは顔見知りのようだ。二人共イギリスでも名高い貴族の出身なので、学校外でも関係があるのだろう。

奏がそんなことを推察していると、キングがふとジャンの前で足を止めた。

「おや？　そこにいるのは、かつてのライバルだったマンスフィール寮の寮長、アルバートじゃないか？」

彼が人の悪い笑みを浮かべてジャンに話しかけてくる。元々犬猿の仲の二人であったが、キングになってもジャンにちょっかいをかけてくることはやめないようだ。

「これはこれはキング様、今日は親睦会の準備で忙しいんじゃないんですか？　こんなところで油を売らずにさっさと現場にお戻りください」

ジャンも嘘《うそ》くさい笑みを顔に張りつけてキングに対抗した。だが、ここまで来ると、犬猿の仲を通り過ぎて、仲がいいのかもしれないと、奏は感じたりもする。

「ハッ、言われなくとも戻るさ」

キングはどこか楽しげに笑うと、再びヒューズに向き直った。

「それではガルシアさん、あちらに席を用意していますので、ご案内します」

「私はサイモンと一緒に試合を観《み》ようと思っているんだが、彼の席も用意してもらっていいだろうか？」

ヒューズがさりげなく奏を同席させようとしていることに気づく。奏としてはマンスフィール寮の応援席で普通に応援したい。キングと、そしてヒューズと一緒に座ったりしたら、目立つことこの上ない。そんなことは絶対避けたかった。

奏はとんでもないとばかりに、誰にも気づかれないようにヒューズの腰を軽く突いて注意する。だがヒューズはまったく無視をした。その様子をキングは知ってか知らずか、奏に視線を移して笑みを浮かべる。

「わかりました。では、サイモンの席も用意させます。サイモン、準備が終わったら、本部へ来てくれないか？」

「……わかりました」

キングに言われては、さすがに断れない。奏はヒューズをちらりと睨《にら》んでみたが、彼は奏の睨みを含みのある笑みで受け止めた。

はぁ……、まったく、どうしてそんな我儘を……。

心の中で溜息をつくしかない。

「ギネヴィア、そろそろスタンバイを頼む」

キングの声にギネヴィアを演じる御井所も背筋を正した。

「はい、わかりました」

御井所が返事をする隣で、ヒューズが再び奏に振り向いた。

「じゃあ、奏。後でまた」

「……わかりました」

奏のいやいやな気持ちがヒューズに伝わったのか、彼がぷっと思わず噴き出した。本当に楽しそうに笑ったので、奏はムッという表情をしてやる。するとヒューズが身を屈《かが》め、奏の耳許に囁いた。

「そう睨むな。可愛いだけだ」

「なっ、あなた、何を言ってて……」

思わず声を上げると、傍《そば》にいた御井所とハタと目が合ってしまう。

う……御井所の前で、醜態を晒《さら》すところだった……。

そう思いながらも何か言わないと、と思い動揺するが、御井所が気を遣って、まったく聞いていないというふうに、にこりと笑みを浮かべてくれた。

「では、マスター、行ってきます」

「あ、ああ」

御井所の可愛らしい姿に気を取り直して、奏は双眸を緩める。

「御井所、君のギネヴィア姫、楽しみにしているよ。頑張って」

「はい！」

御井所は、はっきり返事をすると、そのままキングとヒューズの後を追って、会場の奥に用意されたギネヴィア姫の椅子へと向かっていった。奏はその後ろ姿を見送り、そっと自分の胸に手を置く。

「なんだか、御井所以上に僕がどきどきしてきたよ」

御井所には言わなかったが、奏も自分の大切なファグが大役を果たすことで、かなり緊張していた。

「御井所のことだ。しっかり役目を果たしてくれるさ」

ジャンが奏の肩を叩きながら、気軽な様子でそんなことを言ってくる。

「そうだな……」

「心配性だな。まあ、さしずめ、御井所がギネヴィア姫なら、ガルシアさんがそのお父さん、奏がお母さん、という感じか？」

「は？　それはなんの設定？　親睦会のギネヴィア姫にそんな設定はない」

目を眇《すが》めるが、ジャンもヒューズと同じで、奏の不機嫌などまったく気にしない。それどころか、奏の肩に腕を回して、ニヤニヤと笑ってきた。

「なに？」

「ガルシアさん、私や御井所にまで、牽制《けんせい》してきたな」

「え？」

「御井所やロベルトとケーキを食べに行かせたくなかったんだろう？　それに私も彼にかなり睨まれたぞ。たぶん試合中、奏を自分と同席させるのも、私たち……いや、全校生徒に奏は自分のものだと見せつけるためだろうし」

「は？　そんなわけないだろう？　御井所たちとケーキを食べに行く時間は、本当はヒューズに勉強を教えてもらう時間だからだと思うし、親睦会で僕を同席させるのも、一人だけOBで居心地が悪いからじゃないのか？」

それ以外、どんな理由があるのか。ジャンの穿《うが》った見方に呆《あき》れるばかりだ。

大体、ヒューズは奏と御井所がマスターとファグの関係であることは知っているので、その関係にどうこう思うことはないはずだ。それに奏とつき合っているわけでもないのだから、元々牽制も何もない。

「はぁ……奏がそう思うなら、それでいいけどな。私は巻き込まれるのだけはご免だからな。血の海は見たくない」

「血の海？　なんのことだ？」

「いや、いい。ガルシア侯爵家を敵に回すほど、私も莫迦じゃない」

「莫迦じゃないって……それこそ、何を莫迦なことを言って……」

「おい、トーナメント表が発表されたぞ！」

会場のどこかから、いきなり声が上がり、その声に奏の言葉が遮られる。

「我が寮はどことぶつかるんだ？」

一斉に各寮の寮長たちが張り出された場所へと動き始めた。

「奏、私たちもすぐ確認に行こう！」

いよいよ新入生親睦会が始まる。

＊＊＊

ヒューズは現キングの案内により、本部のすぐ横の席に座った。隣の席は奏のために一つ空けてある。

「ガルシアさん、確か私が新入生の時も、親睦会に顔を出されませんでしたか？」

「ああ、卒業しても時々無性に母校が懐かしくなることがあってね。四年前もこの時期に顔を出したな。あの時は私だけでなく同期の仲間とこちらへ伺ったよ」

本当は、奏がギネヴィア姫に選ばれないよう、自分がキングだった時の取り巻きであった学生、当時のキングなどを動かして画策したのだが、それがきちんとなされているか確認するために、親睦会に顔を出したのだ。

結果、ヒューズの思惑通り、奏はギネヴィア姫から外されており、他の男の目に彼の美しい姿を晒すことは免れた。

「まだ私は新入生で、ガルシアさんにとても憧れたのを覚えています。偉大なるキングであったあなたを、こうやって間近で見られる私たちは光栄です」

「そんなに大したことはないさ。普通のキングと同じだ」

いや、奏を前にしたら、キングどころか、ただの恋する男でしかない。

「いえ、ガルシアさんは、学生の自由のために多くの校則の改革をしたとして、有名なキングのお一人です。私も見習いたいと思っています」

「君のキングとしての一年の働きを楽しみにしているよ。キングはエドモンド校の代表だ。活躍してくれ」

「はい、ありがとうございます。サイモンもすぐに来ると思いますので、今日は親睦会を楽しんでいってください」

「ああ、ありがとう」

奏――。

自分のファグが、栄えあるギネヴィア姫に選ばれたのだから、いろいろと心配だろう。だが、奏の気が他の男に向けられるのが、どうしても面白くなかった。

我ながら奏のことになると、少々狭量になることを認めざるを得ない。先ほども御井所たちと一緒に出掛けると聞いて、大人げなくも邪魔をしたくなった。

それにあのジャンという寮長も、いくら奏の親友だと言っても馴《な》れ馴《な》れしすぎる。我々がエドモンド校生だった時は、美人には皆、協定を結んで、むやみやたらに躰に触れたりしないように気をつけていたものだ。それなのに……と思うと、つい彼と張り合って、奏と一緒に試合を観る権利を自分のものにしてしまった。

奏のことを思うなら、最後の学園生活、同じ寮生たちと過ごさせたほうが、彼も喜ぶだろう。そんなことは百も承知だが、それができないのは、彼に恋をしているせいだ。

初めて会ってから十年経った。あのロンドンの街角の移動式のメリーゴーランドの前で、彼に会った時から、一目で恋に落ちていた。

最初は、こんなに簡単に恋に落ちることが信じられなかった。思いもかけない出来事だったから、奏を美化してしまったに違いないと思ったりもした。

だがその後も奏が気になり、実家に戻るついでに、彼の様子を探ることも多かった。

ガルシア家の家令によると、サイモン子爵家の嫡男は、街角で会った『おにいちゃん』に憧れて、エドモンド校に入学するために、必死で勉強に励んでいるということだった。

その言葉に、ヒューズは自分の胸が高鳴るのに気づかずにはいられなかった。自分に憧れてくれたことで、逆に自分もこれから頑張らなければと、エールを貰ったような気持ちになる。

奏は母親が日本人ということもあって、オリエンタルビューティーという言葉がしっくりする美しい容姿を持ちながら、真面目《まじめ》で優しい性格であることは、普段の行動からも見て取れた。

例えば、冬の寒い日も、薄桃色に頰を染めて、飼い犬の散歩に出かけていくのをよく目にした。親の反対を押しきって保護施設から犬を引き取ったらしく、全部自分で面倒を見ることを約束させられたようだ。勉強の合間に面倒を見て、犬を可愛がっている姿がなんとも微笑ましかった。

週末ごとに実家に戻るヒューズを、寮生らは彼女が外部にいるのではないかと噂したが、この小さな美しい彼を見るために戻るとは、誰も想像していなかっただろう。

奏がエドモンド校に無事に入学した後も、彼は同級生の中でも面倒見がよく、誰からも好かれるしっかりした少年で、マンスフィールド寮の一学年生のリーダーに就任したと、学校に残しておいたネズミ、いわゆるスパイから報告を貰ったりもした。

そんな彼に、ヒューズはどんどんと惹かれていくのを否めなかった。相手は六歳も下の少年だというのに、心を奪われてしまったのだ。

ヒューズ自身は昔から小賢しく、キングになるべく、新入生の頃からいろいろと画策するような、いわゆる、まったく可愛くない少年だった。だが、奏はそんなヒューズとは逆で、上流階級でありがちな擦れたところがなく、素直で優しい少年だった。

彼を手に入れたい――。

強い衝動がヒューズの胸を衝き上げる。

このままでは、奏に手を出そうとする人間が現れるだろう。

ヒューズがキングだった時の取り巻きであった、力のある優秀な生徒たちも、エドモンド校を卒業してしまい、奏を守れる人間の手数が減ってしまっていた。

自分が彼の近くに行くしかない――。

幸い、その年は、オックスフォード大学院を卒業することもあり、来年からはアルバイトに規制がなくなる。三年間の大学生活、そして二年間の大学院生活とも、休暇以外はアルバイトをしてはいけなかったのだ。

ヒューズはツテを使って、サイモン子爵家に家庭教師を雇うように助言をさせるべく、子爵が親しくしている人間を唆した。そして子爵に、オックスフォード大学に卒業生対象で家庭教師の求人票を出させることに成功したのだ。

続けて、それに応募しようとした者たちを、事前に説明会があると連絡して集まらせ、全員にその応募を断念させた。

そうしていかにも応募してきたのはヒューズ一人だけという顔をして、奏の家庭教師として採用され、週末だけであるが彼の傍にいられる権利を得た。我ながら涙ぐましい努力と、使える権力を乱用したと思う。

だが、最近、奏が浮かない顔をしていることが多くなった。実家の事業も今は順調にいっているし、勉強で何か問題があるようにも思えない。ただ、時々バース覚醒の話題が出ると、彼が少し過敏に反応することには気づいていた。

バースの覚醒で何か悩んでいるのだろうか――？

奏はまだ未覚醒で、バースがはっきりしていない。五学年生の段階で覚醒していないとなると、焦る気持ちもわからないでもなかった。

だが、もっと深刻な感じがする……。

オックスフォード大学の入学に対しては、成績も文句なしで、今のところまったく問題なく合格するレベルに達しているし、奏からもそんなに大学について不安に思っている様子も見えない。

やはりバースのことだろうか……。

少しずつ彼から聞き出すしかなさそうだ。穏やかな性格に見えても奏は意外と頑固で、弱いところを見せようとはしない。

どうしたものか……。

すると、どっと会場が沸いた。歓声にヒューズが顔を上げると、会場の奥にはギネヴィア姫に扮した御井所がおり、どうやら今、開会宣言をして、皆がそれで一斉に沸いたところのようだ。

会場内のフェンシング場には大勢の生徒が、ギネヴィア姫と騎士たちの試合を観るために集まっていた。下級生は上級生に席を譲り、立って見るのが慣習とされているため、多くの生徒が通路に溢《あふ》れている。

仰々しい玉座に似せた椅子に御井所が座ると、また男どもの声が上がった。御井所はそんな声に怯《ひる》むこともなく、凛《りん》として選手を見据えていた。さすがは副寮長である奏のファグに選ばれた生徒だ。見た目に反して度胸がありそうだ。

フェンシングにはエペ、フルーレ、サーブルと三種類の競技形式がある。この新入生親睦会ではエペが採用されていた。

エペは全身どこを突いても有効となり、ポイントが入る。お互い同時に攻撃できることもあって、慎重な駆け引きが必要とされる頭脳戦の一面を持つ形式だ。

古めかしい甲冑から、普段のフェンシングの真っ白な防具に着替えた選手たちがピストに乗った途端、会場中に応援の声が響き渡った。

「GO、GO、コーパス！　GO、GO、コーパス！　おおっ！」

コーパス寮の学生たちが足を踏み鳴らし、音頭を取る。普段騒がず、紳士であることを求められるエドモンド校であるが、寮対抗試合の時はまったく違った。愛寮精神の許、生徒たちは全力で応援する。

「我らウォーチェスター寮に栄光を！　ギネヴィア姫に永遠の忠誠を捧《ささ》げよ！」

一回戦はコーパス寮とウォーチェスター寮の選手らしい。激しい応援合戦の中、主審を務めるキングが現れると、一瞬にして静かになる。キングは両選手の防具と剣に不具合がないことをチェックすると、所定の位置に着いた。

「ラッサンブレ《気をつけ、》・サリュー《礼》エ！」

キングの声が静まり返った会場に響く。

「アン・ガルド《構え》！」

両選手はその声にマスクを着け、スタートラインに立ち、構えの姿勢を取った。

「エト・ヴ・プレ《用意はいいか》？」

その声に二人は返事をした。

「ウイ《はい》」

「ウイ」

「始《め》アレッ！」

「うぉぉぉぉぉっ！」

学生たちの歓声が会場いっぱいに轟《とどろ》いた。

「ヒューズ」

すると、そこにやっと奏がやってきた。

「遅かったな、奏」

「遅かったなって……。僕だっていろいろやることがあるんですよ。あなたが急に来ても、すぐに相手はできません。今度からはちゃんと事前に言ってくださいね」

「来るな、とは言わないんだな」

「言われたいなら、言いますが？」

「言われたくないから、言わないでくれ、ハニー」

奏の耳許に顔を近づけて囁く。ここがこんな場所でなかったら、彼の耳朶を唇で愛撫《あいぶ》してしまうところだ。

「あの……そのハニーっていう言い方、他人がいるところでは使わないでください。あなたは気軽に言っているかもしれませんが、変な誤解が生じて大変なんですから」

「なら他人がいないところで言おう」

「それも駄目です」

「つれないな」

悲しそうに見えるよう、少しだけ眉を下げて告げる。途端、奏が困った表情をした。

「うぅ……だからそういう誑《たら》しの表情も、なしです」

「誑しの表情って……普通の顔だが？」

「あなたにとって普通でも、一般では違うんです」

「奏、君にとって、私が魅惑的な存在だと肯定してくれるのかい？」

「な、なな……」

顔を赤くして口を閉ざしてしまう奏に、今ここでキスをしなかっただけでも褒めてほしい。どれだけ自分こそが魅惑的な存在なのか、まったくわかっていない。

わからなくしてしまったのは、私のせいか――。

過保護にしすぎたのかもしれない。だがそれなら永遠に彼を守るだけだ。

奏がどんなバースになったとしても諦める気はない。アルファでもベータでも、そしてオメガでも、彼を愛し続けるつもりだ。

愛している。運命のつがいだと言われれば、納得できるほど、彼を愛している――。

奏に手を出そうとする輩《やから》が現れても、追い払う、いや、それ相応の犠牲を払ってもらうつもりだ。私から奏を奪おうとするのだから、当然の報いだ。だが――、だが、将来、もし奏が私を捨てると決めたなら、私は上手く彼から離れることができるだろうか。

彼に迷惑をかけないように、遠くから見るだけの未来に耐えられるだろうか――。

心臓に冷たい刃《やいば》が突きつけられたような気がした。

そろそろ奏の家庭教師としての役割も終わりを迎える。彼との接点が完全に消える前に、己の気持ちを彼にきちんと理解してもらわなければならない。

今までも何度か想《おも》いを遠回しに伝えてみたものの、恋愛に鈍感すぎる奏には、なかなか伝わらなかった。そろそろ直球で想いを伝えないといけない。イギリス紳士らしくはないが、奏に愛を伝えるにはそれが一番なのだと、この一年で悟った。

「あ、ヒューズ、あちらでロベルトの試合が始まりましたよ」

奏の視線を追うと、別のピストでマンスフィール寮の代表、ロベルトの試合が始まっていた。どうやら相手が強いようで苦戦している。ロベルトが追い込まれるたびに、隣に座る奏が腰を上げては息を呑《の》むので、つい笑ってしまった。すると奏が不機嫌な表情でじろりと睨んでくる。

「もう、あなたはどの寮でもないから、平然として」

「ああ、すまない。だが、奏のマンスフィール寮を一番応援しているよ。次は私がいたリネカー寮だがね」

「トゥシエッ《突き》！」

突然審判の声が二人の会話に割って入ってきた。慌てて奏が視線をロベルトへ向けると、相手側の得点を示すランプが点《つ》いていた。

「ポアン《得点》！」

そのコールに奏の肩ががっくりと落ちる。

「あぁ……」

項垂《うなだ》れる奏も可愛い。そう思っても口には出さず、彼の背中を大丈夫だとばかりに軽く叩いて励ました。だが、それでも睨まれる。どうやら『他人事だと思って』とでも言いたいようだ。

「まだ一点だ。五点先取できるさ」

この親睦会のフェンシング大会は、三分のうちに五本先取で勝敗が決まる。三分の試合を三セット行い、最終的に十五本先取したほうが勝つことになっていた。引き分けの場合は延長戦で一分、一本先取したほうが勝つ。

だが――。

ロベルトは善戦するものの、一回戦で敗退した。奏が小さく悲鳴を上げて蹲《うずくま》る。

「奏、嘆くな。ギネヴィア姫はマンスフィール寮から選ばれたんだ。一ポイントは確実に入る。次の寮対抗試合こそ、優勝すれば、ＭＶＰはまだまだ手に入る」

「……僕が新入生の時に、先輩方がＭＶＰをマンスフィール寮に贈ってくださったのですから、今度こそ、僕たちの代でマンスフィール寮にＭＶＰを……」

奏の中にもきちんと愛寮精神が育っていた。こういう精神が、代々残されていくのだと思うと、エドモンド校の凄さを改めて感じる。

少年たちの青春が詰まった宝箱のような空間――。

かつてヒューズも熱い思いを抱いて、ここで学生生活を満喫していたことを思い出し、名状しがたい思いが込み上げてくる。

あの時に一緒にいた仲間は、今も繋がりがあり、何かあるたびに昔話に花を咲かせ、より一層繋がりを強くしていた。誰もが代えがたい家族のような存在になっている。たぶん一生、続く『強い繋がり』だ。

「適当なことは言えないが、努力あるのみだな」

「……忍耐も、いりますよね」

「ああ、忍耐も、だな」

そう答えると、奏は大きな溜息をついて、試合会場に再び目を向けた。しばらく奏の物憂い横顔を見つめていると、彼がちらりとこちらに視線を向ける。それがどんなに色っぽいか、彼にはまったく自覚がないのだから困ったものだ。

「あなたも、ここでいろんな苦労をされて、そして忍耐を覚え、今があるんですね」

「え？」

「なんとなく、あなたのそういう成長というか、すべてが愛しく思えました。あ、恋愛という意味ではないですよ。一人の人間としての喜怒哀楽が、すべて成長に繋がるのかと思ったら、なんとなくどの感情も愛しく思えたんです」

「わざわざ恋愛という意味ではないと言われると、さすがに傷つくよ。私はこんなに君を愛しているのに、ハニー」

「もう、あなたはそうやって軽く冗談のように言いますが、僕でなかったら、皆が誤解して、あなたに恋をしてしまいますよ」

その声にヒューズは反射的に尋ねてしまった。

「――奏は私に恋をしてくれないのか？」

「え？」

今しか言う時がない。自分の想いを彼に告げよう。

ヒューズは決心して、言葉を続けた。

「奏、私は君にとって、魅力のない男だろうか？」

「ヒューズ……」

彼の美しく澄んだ瞳が大きく見開く。吸い込まれそうだ。

「何度も私は君に告白をしているのだが、君はいつも流してしまう。どう言ったら、私の気持ちは君に伝わるんだい？」

「そんな……。だって、あなた……僕なんて相手にしなくても、もっといい条件の人や、綺麗な人がいっぱいいるでしょう？　僕なんて、貧乏子爵家の嫡男で、しかも寮長の才覚もないただの学生ですよ？」

「僕なんて、とは言うな。私が愛する人を、たとえ本人だとしても『なんて』と貶めるような言い方はしてほしくない。君は君で、私のただ一人の愛する人だ」

「ヒューズ……っ」

我慢できずに、一瞬であるが、奏の唇を掠《かす》め取る。

「あ、あなた！　ここ、会場ですよ！　誰かに見られたらっ……」

「大丈夫だ。皆、試合に夢中さ。それに観客席からは、私が君に内緒話でもしたくらいにしか見えないさ」

近くにいるキングには見られているかもしれないが、とも思ったが、それは口にしないでおく。

「奏は私のことをそういう目では見てくれないのかい？　ただの性の捌《は》け口か？」

「あなた、言葉に注意してください。こんな公共の場でなんてことを言うんですか」

小声で抗議してくる奏に、ヒューズも小声で返した。

「必死だから場所など気にしていられない。奏、君の答えを聞かせてくれ」

必死で乞うと、奏の視線が左右に揺れる。彼が非常に困っている様子が伝わってきた。それで彼の答えがヒューズの望むものではないこともわかる。だが、それでも黙って奏が口を開くのを待った。

彼の揺れる瞳が、やがてヒューズを捉える。

「あ……ヒューズ、正直言って、突然すぎて困ります。今、ここで答えられるほど、考えが纏まりません。あなたのことは尊敬しているし、憧れてもいますが、これが恋愛かどうかと言われると……正直、わからないんです」

嫌いだと言われるよりはマシだと思うくらいしかないだろう。

「なるほど、君の言うことは尤《もっと》もだ。だが嫌いだと言われないのなら、もうしばらく君に猛アタックして、様子を見ることにしよう」

「え？　諦めるとかではなく？」

奏が目を大きく見開いて、見つめてくる。その表情さえ可愛い。

「以前も言っただろう？　私はポジティブ思考だとね」

「あなた……ポジティブすぎです」

奏が少し頰を染めた。そんな可愛い態度をするから、悪い男につけ込まれるのだと、いつか教えておかなければならない。

「私が悲しみに打ちひしがれるほうが、君はいいのかい？」

「……よくありませんが」

奏がそう言って、少しだけ悲しそうに笑った。その笑顔に違和感を抱く。やはり、最近の奏は何かを隠している気がしてならない。

悩みがあるのなら、打ち明けてほしい――。

ヒューズのその思いは奏には届かないようで、彼は一人で悩みを抱えているようだった。

奏――。

近日中に調査をしたほうがよさそうだ。

ヒューズは奏に気取られないように笑顔を浮かべながら、そう心に決めたのだった。

結局、優勝者は前評判通り、ベリオール寮の新入生、アークランドだった。しかも月桂樹を授ける時に事件まで起こした。

ギネヴィア姫を演じる御井所の右手の甲にキスをしたのだ。

そんな小さな事件もあって、今年の新入生親睦会は大いに盛り上がり、盛況のうちに終わった。

ヒューズが奏と一緒に、大役を終えた御井所を労《ねぎら》いに向かうと、御井所が不服そうな表情を浮かべていた。そんな御井所に奏がすぐに声をかける。

「御井所、ご苦労様だったね。最後のキスは怒るのをよく我慢したよ。偉かったな」

「はい、彼を殴ったりして大会を台無しにしてはならないと、頭の中で『ノブレス・オブリージェ』と何回も唱えていました」

ノブレス・オブリージェ――。上に立つ者は、それ相応の義務と責任を果たさねばならぬという精神であるが、その精神を養う意味でも、自分に与えられた役目を、責任を持って全うするのがあるべき姿とされていた。

御井所は文句を言いたかったところを、行事における役目を全力で果たし、多くの学生に娯楽を提供するという責任感から、最後まで我慢して、アークランドにつき合ったのだろう。

「さすがだ、御井所。よくやったね」

奏もそれを理解しているようで、御井所を褒めた。

「ありがとうございます」

御井所も自分のファグ・マスターに褒めてもらえたことが嬉しいようで、笑顔を見せた。

だがその笑顔を見て、奏が言葉を足す。

「アークランドのことだけど、御井所、これからは気をつけたほうがいいかも」

「気をつけるどころか、できれば二度と口を利きたくないです」

御井所にしては珍しく強く拒絶した。月桂樹を授ける時、二人で何か会話をしていたような感じだったが、きっとあの檀上でキス以外に何かあったのだろう。

ヒューズがそんなふうに推察していると、運営スタッフの一人が御井所に声をかけてきた。

「ギネヴィア姫、化粧を落としてドレスを脱がすから、更衣室へ来てくれ」

「あ、はい。では着替えてきます」

御井所は奏とヒューズに頭を下げると、着替えに行ってしまった。その後ろ姿を奏がじっと見つめていたかと思うと、溜息混じりに呟く。

「御井所、アークランドが自分に恋愛感情を抱いていることに気がついていない気がする。あの子、しっかりしているけど、そういうところ、少し鈍感だから……」

ヒューズとしては、『それは奏、君もだ』と言いたいところだが、それを言うと機嫌を悪くしそうなので、ただ苦笑して応えるだけにした。

＊＊＊

奏が御井所を迎えに行っている間、ヒューズは中庭の渡り廊下で、彼が来るのを待っていた。

一学年生にして、すでに頭一つ抜きんでた存在である彼は、遠目からでも目立つので、すぐにわかる。今も彼が着替えを済ませ、友人らと寮へ戻ろうとしているところを見つけた。

「やあ、アークランド君」

ヒューズはアシュレイ・G・アークランドを呼び止めた。アークランドはヒューズに気がついていなかったようで、驚いたように目を見開いた。

「ガルシアさん、ご無沙汰しております」

実はアークランドとは顔見知りである。父親同士に親交があるのだ。

「君に少し話があるんだが、いいかな？」

その問いかけに、アークランドは一緒にいた友人らを先に行かせ、一人だけその場に留まった。すると、先へと歩き出した友人らの声が聞こえてくる。

「やっぱり凄いな、ガルシアさん。オーラが違うっていうか……」

「さすがは名物キング」

彼らはこちらまで声が届いていないと思っているようで、そんなことをしゃべりながら去っていく。ヒューズはその声を耳にしながら、目の前の少年、アークランドに話しかけた。

「試合、凄かったな。ダントツに君が強かった」

「ありがとうございます。ガルシアさんは、マンスフィール寮の応援をされていたんですか?」

「ああ、私の奏の寮だからね」

ヒューズの言葉をすぐに察したようで、アークランドは苦笑した。聡《さと》い人間は嫌いじゃない。ヒューズは双眸を細め、アークランドを見つめた。

飲み込みの早い彼なら前置きは必要ないだろう。早々に本題に入り、問題を片づけておきたい。

ヒューズはそう思いながら言葉を続けた。

「君、あまり御井所君にちょっかいをかけないでくれないかな」

「え……」

アークランドの動きがわずかに固まるのが見て取れた。まだ子供だ。完全にポーカーフェイスを貫くには、まだ経験が足りないようだ。

「誰にも気づかれていないと思っていたかい?　アークランド君」

「……いえ」

彼が警戒し始めたのを肌で感じ、ヒューズは思わず笑みを浮かべてしまった。

「ああ、すまないね。そんなに警戒しないでくれないか。君が誰を好きであろうと、相手が奏以外なら、私は邪魔をしたりはしないよ」

「ガルシアさん……」

「ただね、御井所君は奏のファグなんだ。君が御井所君にちょっかいをかけたら、奏が心配するんだよ。私としては、これ以上、奏の気を御井所君に取られたくない。君には、奏が卒業するまで大人しくしてもらえたら助かるんだが？」

少しだけ首を傾げて、アークランドに笑みを向ける。ヒューズの力を知る人間なら、これだけで大抵は黙る。ヒューズの口調はお願いモードではあるが、実質は命令だからだ。

「……できないと言ったら、どうされますか？」

だが、アークランドはわずかばかり抵抗をしてきた。

「どうもしないよ。ただ、協調性のない男だなと思うだけさ」

本当にそう思うだけだ。そしてそんな男が御井所の気を惹けるわけはないから、たぶん彼の恋は失敗に終わるだろうとも思うが、それは言わないでおく。するとアークランドが小さく息を吐いた。

「……あからさまなちょっかいは、まだかけません。相手……御井所は手ごわいですから。元から慎重に迫るつもりでしたので、ガルシアさんにはご迷惑をかけないとお約束できます」

「頼もしい言葉だ。確かに御井所君は奏に似て、恋愛の駆け引きには疎そうだ。君も苦労すると思うが、ゆっくりと追い込むほうが勝率も上がるだろう。頑張りたまえ」

笑顔でそう告げると、アークランドがまた驚いたような顔をした。どうやら『頑張れ』

と言われるとは思っていなかったようだ。

アークランドが、どこか自分と同じ立場のような気がして、つい励ましの言葉を送ってしまったのだが、彼にとったら意外だったのだろう。

「では、失礼するよ。奏たちが待っているからね」

「あ、はい。今日はお疲れ様でした」

「君こそな。ああ、父上のアークランド伯爵によろしく伝えておいてくれ」

「わかりました」

アークランドの声に、ヒューズは踵《きびす》を返し、奏たちがいる更衣室へと向かったのだった。


そして奏はこのあと、オックスフォード大学から書類選考結果と面接の通知を、無事に受け取ることになる。ヒューズが奏の家庭教師として一緒にいられる時間は、少しずつ終わりに近づいていた。

◆ Ⅲ ◆

クリスマスの週の月曜日から、エドモンド校は二週間ほどのクリスマス休暇に入る。

そのため生徒の多くは、土曜日の授業が終わるとそのまま帰省した。皆、家族とクリスマス休暇を過ごすのだ。

昨日、御井所も帰省していったが、奏は帰省せずに、夜にヒューズに勉強を教えてもらった後、そのまま寮へ残って日曜日を迎えていた。日曜日の朝に催される特別ミサに参加し、祈りを捧げたかったからだ。

皆が健康で平穏無事に過ごせますように――。

そして、どうか、オメガになりませんように――。

縋《すが》れるものなら藁《わら》にも縋りたいという思いが、奏を突き動かす。

ミサが終わり、寮に帰るのに外廊下を歩いていると、まだ残っている下級生数人が奏の姿に気づき、廊下の端へ寄る。

「おはようございます、奏様」

「おはよう。今日も寒いね」

「今日は、皆様はいらっしゃらないのですか？」

奏の取り巻きがいないことを尋ねてくる生徒もいた。

「ああ、皆、昨日帰省したからね。君は帰省しないのかい？」

「今日の昼から戻ります」

「そうか、よいクリスマスを」

「奏様もよいクリスマスを」

小さく会釈をして下級生が去っていく。

大聖堂から聞こえてくる聖歌隊による歌声が、静まり返った空間に厳《おごそ》かに響き渡る。それが一層静けさを際立たせ、冷え切った空気の中にも、神のご加護が満たされているのを感じずにはいられない。身も心も洗われるようだ。

深く呼吸をすると、しんとした冷たい空気が肺を満たす。

ふと見上げた薄い灰色に覆われた空からは、また雪がちらつき始めていた。イギリスの冬は、いつもこんな日が続く。

中庭に目を遣ると、昨夜から降り続いた雪が積もって、真っ白な絨毯《じゅうたん》がどこまでも広がっていた。誰一人歩いていない、何もかもがただ白く染まった世界である。

静かな、静かな朝だった。

奏は聖歌隊の声に耳を傾けながら寮へと戻った。

マンスフィール寮のロビーには大きなクリスマスツリーが飾られているが、いつもそれを眺めている寮生たちの多くは帰省中で、少し寂しそうに見える。寮内ですれ違う寮生もまばらだ。

部屋に戻る途中でジャンと出会った。

「あれ？　奏、まだいたのか？」

「ああ、ジャン、今朝は特別ミサに参加してきたんだ。それより、君、イブのコンサートまで、寮に残るんだって？」

「実家に帰ってここに戻ってくるほうが手間だからな。奏は当日、家族と来るんだろう？」

ジャンはスコットランドが実家なので、確かに一旦帰るのは面倒そうだ。

「ああ、僕は家が近いからな。両親と一緒に改めて来るつもりだ」

今年はマンスフィール寮から、聖歌隊の精鋭隊、『コンソート・クワイアー』へ加入を許された寮生がいるのだ。寮長のジャンと、副寮長の奏は、その彼の晴れ舞台である、エドモンド校名物のクリスマスコンサートに行って、彼を激励するつもりでいた。

エドモンド校の聖歌隊は三つのグレードに分かれ、それぞれ活動している。そのうち、海外ツアーさえ組むほどのトップクラスの聖歌隊を『コンソート・クワイアー』と言い、そこで活動できることは、校内でも表彰されるほどの名誉なこととされていた。もちろんそのメンバーに選ばれるのは至難の業だ。

一般の生徒は、クリスマス休暇に入ってしまうのだが、この『コンソート・クワイアー』の生徒だけは、クリスマスイブに校内で開催されるクリスマスコンサートに参加するため、学内に残って猛練習をしていた。

先ほどから聞こえている歌声も、そのコンサートに向けて練習しているものである。

『コンソート・クワイアー』は、ロンドンだけでなく、海外でも人気で、特にこのクリスマスコンサートは、外部からもチケットが買えることもあり、毎年大盛況となる。生徒であっても、一人三枚までしか買えないプレミアムチケットでもあった。

「そうしたら、またコンサートで会おう」

「ああ、ジャン、気を抜かず、風邪なんてひくなよ」

「わかっている。ほら、奏も急いでいるんだろう？　部屋であの人が待っているなら、早く行ってやれよ。まったくいつも一緒でラブラブだな。独り身には辛《つら》いぞ」

「だから、それは誤解だ。はぁ――――でも、確かにヒューズが部屋で待っているから、行くよ。じゃあ、また」

奏はジャンに軽く手を振ると、自分の部屋へと向かった。この辺りでいつも目にするファグの御井所の顔が見えないので、少し寂しさを覚える。そのまま奏が部屋へと入ると、中ではヒューズが読書をして待っていた。

「奏、ミサは終わったかい？」

昨夜、ホテルに泊まらず寮に帰った奏のために、今朝、ヒューズがわざわざ迎えに来てくれたのだ。

「ええ、思ったより生徒が残っていて驚きました。もっと少ないかと思っていたから」

「ああ、奏はクリスマスミサに参加するのは、初めてだって言ってたな。このミサは意外と人気で、毎年、わざわざ学校に残って参加する生徒がいる」

「ヒューズも行ったことが？」

「そうだな。キングの票を獲得するのには、いろんなところに繋ぎを持っていたほうがいいからな。信心深い顔をして、毎年通っていたさ」

「あなたらしい」

きっとヒューズのことだ。下級生の時は生意気な学生で、そして上級生になった彼は、さぞかしクレバーな学生となり、皆の憧れの存在であっただろう。

侯爵家の跡取りで、魅力ある男の色香を持つ彼が、ひと際目立つ存在であったことは簡単に想像できた。

そんな彼が、僕のことを好きだなんて――――。

告白されてから一か月弱。あれからも何度かそれらしいことを言われたが、奏は答えを出せないでいた。

ヒューズのことは嫌いではない。それに、たぶん彼は昔会った『おにいちゃん』なのだと思う。六歳年上で、エドモンド校に入学していることと、そしてあのプラチナブロンドの髪は、『おにいちゃん』である可能性が非常に高かった。それに、奏の実家のタウンハウスの近所に、ガルシア侯爵家のタウンハウスがあるのも知っている。

ヒューズがあの『おにいちゃん』だったと判断する証拠が、奏の周りには溢れていた。

おにいちゃん――。

昔から奏の憧れの人であり、そして再会してからは、胸を切なくさせる人物でもある。

僕のことを忘れてしまった人――。

それが奏の胸をどうしてか締めつけてくる。人間、誰だって忘れてしまうことはある。奏自身もきっとある。なのに、このことだけが、ヒューズが二人の出会いを忘れてしまっていることだけが、奏の心に小さな棘《とげ》となって残っていた。

それでもヒューズに出会ってから、彼のようにありたいと願っている自分もいた。彼にベッドの心得を教えてもらったこともあり、ヒューズは他の誰かとはまったく違う、奏にとって唯一無二の存在でもある。

この思いを『好き』と言うのだろうか……。

恋愛に疎い奏には、まだ自分の思いにつける名前がわからなかった。

でも――。

もしオメガに覚醒したら――?

知らない誰かと結婚をしなくてはならないとしたら――?

胸がきゅっと小さな痛みを発した。意味のわからない痛みだ。

オメガは覚醒率が一番低いバースだ。だからそんなに心配することはない。

奏はこの二年間、ずっと自分にそう言い聞かせている。だがこれがストレスになって、バースの覚醒が遅れている自覚もあった。

大丈夫……、オメガにはならない――。

そうやって言い聞かせているのに、ヒューズの愛に応えることができない。どこかで自分がオメガになるかもしれないと思っているからだ。オメガに覚醒することを予測して、最初から別れが決まっているようなつき合いをしたくないと思う自分がいるのだ。

将来、他の誰かと結婚するのに、ヒューズとつき合うなんて、彼にいい加減な男だと思われるに違いない。

そんなふうには思われたくなかった。彼とはどんな形となっても、将来も含めて真摯につき合っていきたかった。

「奏、どうかしたのかい?　具合でも悪いのかい?」

黙っていた奏に、ヒューズが心配そうに声をかけてくる。奏は慌てて取り繕った。

「あ、いえ……ヒューズ、あなた、昨夜、オックスフォードに帰らず、ホテルに泊まられて、わざわざここまで迎えに来てくださったんですよね？　すみません。ありがとうございます」

「構わないさ。君が万が一、他の男に送られたと後で耳にしたら、ショックで寝込むかもしれないからな」

「ショックで寝込むって……あなた、大げさすぎです」

「ははっ、だが、そんなことなら自分で君を迎えに行ったほうが、精神的にもいいだろう？」

「精神的にもって……。同級生と一緒にブラックキャブで帰るつもりでしたよ」

「それは阻止できてよかった」

「……あなた」

思わず呆れた目でヒューズを見つめてしまう。

「今夜は家族と水入らずなんだろう？」

「ええ、家でクリスマスの準備を手伝わされそうです」

「ああ、それは私もだ。母がここぞとばかりに張りきって私を振り回すつもりらしい。クリスマス当日は、家族全員でエリザベス女王のクリスマスメッセージをテレビで観るというフルコースだ」

この男でも、母親には頭が上がらないのかと思うと、つい笑ってしまう。

「ふふ、親孝行ですね」

「ああ、たまにだからな。クリスマスの時くらい親孝行するさ。さて、出掛けるかい？　荷物はこれだけ？」

これだけ、と尋ねながら、ヒューズが部屋の隅に置いてあったトランクを指さす。

「ええ」

実家がロンドン市内にあるので、遠方から通う生徒と違って土産《みやげ》を買って帰ることもなく、荷物も多くない。

「そろそろ、行こうか」

「ありがとうございます。また何かお礼をさせてくださいね」

「うちの近所だから、大したことはないさ」

ヒューズは奏のトランクをひょいと持ち上げると、奏の手を引いた。唇が一瞬重なる。

「君からのキスだけで、私は充分だ」

「っ……どうしてそんなキザなことを言うんですか」

そう言いながらも頬が赤く染まるのが自分でもわかる。頬が熱い。

もしかしたら自分はヒューズに魔法をかけられているのかもしれない。彼を少しずつ愛する魔法を。

そうでなければ、こんなにも彼の行動にどぎまぎしたりするはずがなかった。

彼が優しすぎて、自分が特別な人間にでもなったような気がする。だが、それに甘えてしまってはいけないと自分を諌《いさ》めた。

男として、人に甘えて生きていくことを良しとせず、できれば対等とはいかなくとも、それに近い形で彼とこれから先も一緒にいられたらと願う自分がいるのだ。

前を歩くヒューズの背中を見つめる。

彼とこうやって歩くことができるのは、あとどれくらいだろうか。

いや、ずっと同じ日が続くに決まっている。オメガに覚醒せずに、違うバースになって、彼との縁を大切にしていくのだ。

きっと――。


ヒューズの車、濃紺のアストンマーティンが、滑るように道路を走る。アストンマーティンは、イギリスを代表する高級スポーツカーメーカーであり、美しい流線形のボディが映える車でもある。ヒューズが好きな有名スパイ映画の主人公が運転する車として選ばれたこともあり、好んで運転している車の一つだ。

そのまま車はロンドンの中心街へと向かうが、奏の実家にはすぐに到着してしまうので、ほんの短い間のドライブである。

本当はこのままランチに出掛けたかったが、ヒューズの家でランチパーティーがあるらしく、ヒューズは奏を送って、すぐに家に戻らないといけないとのことだった。

もう少し、彼と一緒にいたい――。

そんなことを思ってしまう。そう思えてしまうのは『恋』ゆえなのか。

「奏」

うだうだと考えていると、信号で車が停《と》まり、運転席のヒューズから声がかかる。奏はヒューズへと顔を向けた。

「今年はもう会えないんだな……」

「ええ、先日オックスフォード大学の面接と筆記テストが無事に終わったので、この機会に母の実家がある日本へ行くことになってしまって……」

奏が大学生になったら、また忙しくなるからと、イギリスでクリスマスを過ごした後、久々に日本へ行くことになったのだ。事業が傾いていた頃には日本に行くことなどできなかったので、今回の計画を聞いて、それだけ金銭の余裕ができたのだと、奏もほっとした。

だが、そのことを先日ヒューズに話したら、彼が驚くほどがっかりし、奏も少々罪悪感を覚えた。ヒューズもまた奏をオックスフォードにある自分の家に招待するつもりだったらしい。

「気をつけて行っておいで」

「ええ、ヒューズも風邪などひかないでくださいね。あなた、意外と自分のことに無頓着なところがあるから」

そう言うと、ヒューズが少しだけ目を見開いた。何かおかしなことを言っただろうかと、内心首を傾げていると、彼が続いて愛おしげに双眸を細めた。奏の胸がトクンと甘く鳴る。いきなりそんな目で見つめてくるなんて卑怯《ひきょう》だ。

「ど、どうしたんですか?」

「いや、奏は私のことをよく見てくれているんだなと、嬉しくなったんだ。私のことを無頓着だと正しく評価するのは君くらいだ。他の人間は私の外面に騙《だま》されているからな」

そう言って、膝の上にあった奏の手を取り上げると、その手の甲に唇を寄せた。

「あと、君を追い詰めたくはないが、この休暇で私とのことも考えてほしい」

「っ……」

ヒューズから告白されてから、奏はまだ返事を保留してもらっている。

「私は君がどんなバースに覚醒しようともかまわない。そのままの君を愛している。君が傍にいてくれればそれでいいんだ」

「ヒューズ……」

どうしようもなく胸が騒ぐ。本当はヒューズが好きなのかもしれない。だが、その気持ちを認めたら、この恋はすぐに終わってしまう可能性が高い気がした。近い将来、奏が他の男と結婚することが決まるかもしれないからだ。そうしたらこの恋は無理やり終わらせないとならない。

恋じゃなかったら、あなたと別の形で一緒にいられるかもしれないのに——。他の人間と結婚しても、恋愛以外の関係をヒューズと持っていれば、そのつき合いは続けられるかもしれない。

だがそこまでわかっているのに、愚かにも『恋』を選びそうになる自分がいた。ヒューズのことが好きだと認めざるを得なくなっている。

どうしよう——。

「そんな困った顔をしないでくれ。ゆっくり考えてくれればいい、奏」

こんなに中途半端な自分に、ヒューズが優しく声をかけてくれた。

ヒューズは誤解している。奏がヒューズとつき合うかどうか悩んでいると思っている。実際は、ヒューズが好きなのに、彼を選べないことに悲観しているというのに。

だが、どちらでもかまわない。ヒューズを選べないという結果には違いないのだから。

「……あなたが僕を甘やかしすぎたんですよ。だから僕はあなたに甘えて、優柔不断な態度を取り続けてしまう。そして、こんなふうに言って、あなたのせいにもしてしまう。嫌な人間だ」

「違う、奏。優柔不断ではない。君は私に誠実であろうとしているから悩んでいるんだろう？　一体、何を悩んでいるんだ？　私のことだけではないだろう？」

その声に思わず顔を上げてしまった。ヒューズは勘もいい男だ。奏が何か問題を抱えていることに気づいているのだ。

「ヒューズ……」

刹那、背後からクラクションが鳴らされた。信号が青に変わったのだ。ヒューズは小さく舌打ちをすると、すぐに車を出発させた。しばらく沈黙が続く。早くヒューズに何かを言わないと、家に到着してしまう。奏は勇気を出して口を開いた。

「ヒューズ、確かにあなたが言う通りです。正直に言うと、悩んでいることがありますが、本当は早く考えないといけないことでした。この休暇で考えを纏めてきます」

「奏……」

とうとう家に着いてしまった。ヒューズが門の前に車を停める。

「送ってくださってありがとうございます」

そう言って、奏はヒューズの肩に自分の頭をちょこんと預けた。

「奏？」

「あなたに飽きられるかもしれない」

「そんなことないさ」

「少し情緒不安定になっているのを、自分でも感じる時があります」

「ああ……」

「ただ、今僕が悩んでいることは、自分で乗り越えないといけないことなんです。だから、悩みについては聞かないでくれますか？」

ヒューズが困ったような表情を浮かべる。だが渋々奏の言ったことを受け入れてくれた。

「……わかった。だが、一つ、約束をしてくれ。もし手に負えなくなったら、いつでも相談してほしい。それがたとえ君に振られた後だとしても、かまわない。どんな関係になったとしても、君は私の大切な人間であることには違いないのだから」

たぶんヒューズも、奏からいい答えが貰えないことを、少なからず察しているのだろう。本当に彼に申し訳ないと思った。

「……ありがとうございます。あ、ヒューズも時間がないんですよね」

奏は感謝の意味でヒューズの頬に自分の頬を合わせ、ハグをした。そしてそのまま車のドアを開ける。

「また一月に、ヒューズ」

「ああ、一月に」

奏はヒューズの声を聞いて車から降りた。彼のアストンマーティンがゆっくりと動き出す。奏は彼の車が消えるまで、ずっと見送ったのだった。

＊＊＊

二十四日のクリスマスイブ、聖歌隊のコンサート会場となるエドモンド校には、すでに大勢の人が集まっていた。

奏もまたその一人で、両親と一緒に正門から校内へと足を踏み入れる。

人の流れに沿ってコンサートホールに向かう途中には、四百年の歴史を誇る大聖堂が凍てつく夜にも負けず佇《たたず》んでいた。その力強く美しい姿に、奏は心を奪われて、つい足を止めて見上げてしまう。

分厚い雪雲で覆われた真っ暗な空からは、淡く白い雪がひらひらと舞い降りて、奏の頬を濡《ぬ》らした。見上げた先にある大聖堂は、ライトアップによる荘厳な光に包まれて、幻想的な雰囲気を醸し出しており、歴史の重みを感じずにはいられない。

闇夜に浮かぶ美しい大聖堂を見ていると、ロンドンの冬の寒さも忘れそうになった。

学校のミサはこの大聖堂で行われるのだが、聖堂内を照らす幾多の蠟燭《ろうそく》の灯の美しさは圧巻である。蠟燭は、今はすべてＬＥＤであるが、ヴィクトリア時代までは本物の蠟燭で聖堂内を照らしていたらしい。そのため煤《すす》払いの仕事が大変だったと聞いている。

しばしその大聖堂を奏は両親と共に見上げ、その壮麗さに見惚れた。入学してから何度も見ているのに、一向に飽きない美しい建築物である。

「この景色は忘れない……」

誰と約束するでもなく、奏は口にする。元エドモンド校生であった父が隣で一緒に見上げ、そうだなとばかりに肩を優しく叩いてくれた。

そのまま奏と両親は、大聖堂を惜しみながらもその前を通り過ぎ、会場となるコンサートホールに到着する。こちらはエドモンド校の生徒や卒業生が演劇や演奏などを行う際に使われているもので、本格的なホールだ。

奏は両親を席に案内すると、先に会場入りをしていたジャンと落ち合い、まずは『コンソート・クワイアー』に選ばれた寮生を激励しに楽屋へと駆けつけた。エドモンド校の伝統に則《のっと》り、手土産にはクリスマスプディングを持って、だ。

楽屋にはすでに各寮から差し入れられたクリスマスプディングが山のように置かれていた。このプディングは、後で『コンソート・クワイアー』のメンバーとクリスマスを寮で過ごす寮生で食べることになっている。

事情があって実家に戻らない寮生もおり、そういった寮生に少しでもクリスマスを感じてもらえるよう、昔から行われている慣習だ。

公演前なので、簡単に激励した後、次はボックス席で開演を待つ校長に、マンスフィール寮代表として挨拶に行った。この席で校長と挨拶を交わせるのも、寮としては栄誉とされ、『コンソート・クワイアー』を輩出した寮の特権となる。

だが、今回はちょっとしたハプニングが待ち受けていた。奏がジャンと挨拶に行くと、校長と一緒に鑑賞をするらしい数人の男性の中に、ヒューズがいたのだ。いつもはスリーピースに身を固め、イギリス紳士を地でいく男であるが、今夜は燕尾服を華麗に着こなし、さらにその男ぶりを上げていた。

「あな……た……」

奏が驚いて息を呑んでいると、校長が楽しそうにヒューズに話しかけた。

「ガルシア君、君はサイモン君の勉強を教えているそうだね。サイモン君は我が校のエースの一人だ。きちんと教えてくれたまえよ」

「私が教えるまでもありませんよ、校長。サイモンはとても優秀です」

「君も優秀なキングだったからね。そんな君のお墨付きなら、サイモン君も最終学年でも優秀な成績を残してくれるだろう」

そう言って、校長が奏を見てきたので、思わず緊張してしまった。

「期待に応えられるよう、誠心誠意頑張りたいと思います」

すると校長が軽く笑った。

「はは、すまない。プレッシャーを与えるようなことを言ってしまったな。勉強だけがすべてじゃない。ここで精神共に成長してくれればそれが一番嬉しいことだ」

「そういえば校長も、私が十八歳になったら、すぐにお酒をごちそうしてくれましたね。あれも教育の一環ですか？」

「はは、そういうことだな。私たちも教えるのは勉強だけではないということだ」

知らなかったが、ヒューズは校長とかなり仲がいいようだ。一緒のボックス席にいるほどなのだから、ヒューズが校長からも目をかけられるほどの優秀なキングだったのが、改めてわかった。

現在のマンスフィールド寮のことなど、しばらく校長と歓談し、その場を去ろうとすると、ヒューズがいきなり席を立った。

「サイモン、君の寮の部屋に私の懐中時計を忘れてしまったんだが、取りに行ってもいいだろうか」

「懐中時計？」

懐中時計はヒューズの愛用品で、いつも肌身離さず持っているのを奏も知っていた。

「ああ、読書をしていた時に、時間を確認したことは覚えているんだが、そのまま机の上に置いてきてしまったようだ」

気がつかなかった。そういえば、最終日、バタバタと部屋を後にしてしまったので、部屋のチェックを怠っていたことを思い出す。

「そうしたら今から取りに行ったほうがいいです？」

「そうだな、まだ開演まで三十分以上はあるからな。今なら間に合うだろう」

確かにコンサートが終わった後だと、奏も両親を待たせないとならないし、ヒューズもその後に家族との約束があるかもしれない。先日、母親につき合わされると聞いているので、たぶんそうに違いなかった。

「わかりました。でしたら今から」

「では、校長先生、少し席を外します」

「ああ、行っておいで」

校長の声に見送られ、奏はジャンとヒューズと一緒にボックス席を出た。

「じゃあ、奏、私は席に戻るよ」

すぐにジャンが逃げるようにそんなことを口にする。ジャンがヒューズに苦手意識を持っているのは知っているので、奏も無理に止めることはしなかった。本当はヒューズと二人きりになるには、まだ心の準備ができていないので、ジャンにいてもらいたかったのだが。

「ああ、後からジャンの席に行くよ」

「いいよ、ご両親もいらっしゃるだろう？　私が公演後、奏に声をかけるよ」

「わかった。じゃあまた後で」

「またな、奏。ではガルシアさん、失礼します」

ヒューズにも挨拶をし、ジャンは足早に自分の席へ戻っていった。途端、ヒューズの存在を強く意識してしまう。

つい数日前に、一月にまたと言って別れたばかりなのに、今夜、彼と出会うとは思ってもいなかった。困惑していることを彼に悟られないように、できるだけ普通に接する。

「……そうしたら、まずはクロークへ。寮まで少し歩きますから、コートを取っていきましょう」

「ああ、そうだな」

ヒューズと一緒に廊下を歩く。彼のプラチナブロンドが、落ち着いた照明に反射して、きらきらと輝いていた。燕尾服で正装した姿は、まるでどこかの王子様のようだ。

現役のキングだった頃の彼の姿が容易に想像できた。きっと彼の信奉者が廊下で列を作って待っていたに違いない。

でも、今のほうが絶対かっこいいはずだ……。

つい彼の隣でそんなことを思ってしまった。二十四歳の今の彼には、当時の十八歳の彼よりも男の色香が増しているのだろうから、誰も太刀打ちできない。

「あ、奏、こっちだ」

「え？」

ヒューズがいきなり廊下に面したドアの一つを開け、奏を引っ張り込んだかと思うと、すぐにドアを閉めた。

「なんですか、急に。驚くじゃないですか」

「少し驚かせたかったのさ」

顔を近づけ、まるで少年が悪戯を成功させたとばかりに喜んでいるような笑みを奏に向けてきた。そんな少年のようなヒューズに、不本意ながらも胸がときめいてしまったが、どうにか平静を保ちながら話を続ける。

「こ、ここは？」

「楽屋の一つだ。建物の構造上、他の部屋より狭くなってしまって、実際にはほとんど使われていない場所なんだ」

「だからこんなに細長い部屋なんですね。よくここを知っていましたね」

「キングだった頃のいらぬ知識さ。こういう部屋は有効に使いたいしな」

ヒューズの言葉に奏はピンときた。

「……悪いことをしていたんですね」

他の生徒と不純同性交遊をしていたのではないかと疑いが頭を過《よぎ》り、奏の胸がざわざわする。だが、

「キングになるにはいろいろと大変だからな。各寮に放っておいたネズミたちと接触する時も、人の目がないほうがいい。こういう部屋は重宝するのさ」

思っていたことと違い、奏は自分の中に渦巻いた嫉妬に気づいてしまった。そして同時に自分がいかにヒューズに想いを寄せているのか、知る羽目になる。

駄目だと思っても、どんどん惹かれていく。

「……あなたもいろいろ手回しをされたんですね」

「ああ、寮長になった学生は、それこそエドモンド校の中でもトップエリートだ。そこからさらに上を目指すには、それなりの策が必要だからな。奏、君ならわかるだろう？」

大体はわかる。だが奏は、画策に失敗した側なので、キングの座に就いた者の凄さというものが、本当の意味ではわからない。

ただ、かなりの頭脳戦がそこには繰り広げられており、それが読みきれなかったのが、マンスフィール寮の失策だったと分析はしている。

ジャンには狡猾《こうかつ》さが足りなかったし、それを支える奏も、情報収集が甘かったのだ。

「キングの座を逃してしまった敗者としてしかわかりませんが」

少しだけ嫌みを足すと、ヒューズが苦笑した。そんな表情さえ魅力的で、奏の心臓を鷲《わし》摑《づか》みする。

部屋の奥には窓があり、そこからは先ほど前を通った大聖堂が見えていた。その向こうにはロンドンの街の明かりが見え、ホワイトクリスマスに相応しい夜景が広がっている。

「キスをしても？」

景色に一瞬気を取られていた奏の耳元で、ヒューズが囁いた。視線を彼に向ければ、そのまま彼の顔が近づく。

「っ……」

しっとりとした彼の唇が優しく触れた。甘く切ないキスは、すぐに奏の心に沁《し》み込んだ。

好き――。

もし、オメガに覚醒して、知らない誰かと結婚しなくてはならなくなっても、あなたが好きなのを止められない。どうしたら――。

胸から熱いものが込み上げてきて、やがてそれは涙となって奏の目から溢れ出た。

「奏？」

その涙をヒューズがそっと指先で拭ってくれる。奏はただ首を横に振るしかできなかった。

愛しています――。

心でそう伝えながら、口に出しては言えない想い。言葉にできないからこそ、奏はその想いを胸に秘めてヒューズへキスをした。

大聖堂の鐘が静かに鳴り響く。公演が始まる時間が迫っているのに、奏はヒューズから離れることができなかった。

◆ Ⅳ ◆

ヒューズと肌を重ねるようになったのは四学年生になってから、そんなに経っていない頃だった。

その日は土曜日の夜だった。夕食も終わり、四、五学年生は、規定時間内で自習をし、そして消灯の時刻までは自由時間となる。

奏は四学年生から監督生になることができ、個室を貰う栄誉を与えられていた。自由時間も自習に充《あ》て、夕食後はずっとヒューズに勉強を見てもらっていた。

奏がデスクに向かっている間、ヒューズは隣に座り、横からずっと奏を見ている。いや、奏の手許のノートを見ているはずだ。だが、そんなに見られていると、なんとなく落ち着かなかった。

特に先ほど、夕食後、ちょっとした事件を目にした後では、冷静さを保つのが少し困難に感じる。

「どうした？　奏」

ヒューズが、奏の気が散漫としているのに気づいて声をかけてきた。

「あ、いえ、別に何もありません」

「勉強に集中していないように思えるが？　ほら、ここ、数式を間違えている」

「あ……」

ヒューズが指さした箇所にわずかなミスを見つける。

「こんな凡ミス、君らしくない気がするな」

ヒューズがそう言った時だった。部屋のドアがノックされる。思わずヒューズと顔を合わせた。この時間、奏が家庭教師と勉強をしていることは寮内では周知されているので、人が来ることは滅多にないのだ。

「あ、はい」

奏が返事をすると、ドアの向こうから同級生、アデルの声がした。

「奏、ちょっといいかな。すぐに終わるから」

その声に、奏はヒューズにもう一度視線を向ける。

「ヒューズ、少し席を外してもいいですか？」

「ああ、行っておいで」

奏は断りを入れて席を立ち、ドアを開けた。そこには仲のいい同級生がいた。

「どうしたんだ、アデル。こんな時間に……」

本当は質問しなくとも、アデルの言いたいことは、大体わかっていた。

実は夕食が終わった後、寮の階段下の奥まったところで、アデルと上級生が抱き合ってキスをしていたのを、奏は目撃してしまったのだ。

先ほどから気もそぞろだったのは、アデルのキスシーンを目にし、少しばかりショックを受けてしまったのが原因だった。それにアデルに恋人がいるとは思ってもいなかったので、余計驚いたのもある。

奏は後ろ手でドアを閉め、アデルと廊下に出た。話をヒューズに聞かれたくなかったのだ。この時間帯は誰も廊下にはいないはずなので、外へ出たほうがよかった。

「ごめん……奏、さっきの……僕もあんな場所で迂闊《うかつ》な行動をしてしまったことを、反省している。さっきのことは、誰にも話さないでくれないか」

部屋にいるヒューズを気にしながらも、小声でアデルが話しかけてきた。

「……当たり前だ。正直、少し驚いてしまったけど、誰にも言うつもりはないよ、アデル。でも、気をつけてくれよ。下級生に見られたらしめしがつかないから。僕たち四学年生は下級生の見本でなければならないのは、君もわかっているだろう？」

「ああ、わかっている。今回は奏でよかった。奏、もしかしていいところを邪魔した？」

「いい、ところ……？」

「二人で個室に籠《こも》って、何をしているかは大体想像できるけど、奏も気をつけてくれよ。

防音はきちんとされているけど、あまり大きな声を出すと聞こえてしまうから」

アデルが何を言っているか、ようやく理解した。

「な……アデル、僕とヒューズはそういう仲じゃないから」

「僕に嘘を言わなくてもいいよ。僕たちも狭い世界に押し込められているんだ。息抜きにセックスでもしないと、やってられないよね」

「息抜きに……って」

アデルの発言に、奏は顔が真っ赤になった。

「な……アデル、そ、そんなことを息抜きごときでやるものではないだろう？」

そう告げた途端、アデルが目を大きく見開いた。

「え？　もしかして奏、童貞？　じゃあ、ガルシアさんと何をしてるの？」

「何をしてるって、勉強に決まっている」

そう言いながらも、奏にとってあまりにも刺激的な内容で、心臓がどきどきしてくる。

「ん～。どこまで信じるか難しいところだね。本当にガルシアさんと何もないのなら、僕、ガルシアさんのセフレに立候補しようかな」

「な、何を言ってるんだ。セ……そんな関係は絶対駄目だ。相手が誰でも、絶対駄目だよ」

「そんなこと本気で言っているのは、奏だけのような気がするけど。三学年生のマッドも多くの人と楽しんでいるよ」

「人のことは言わないほうがいい、アデル。とにかく君のことだ。寮生なら暗黙の了解で、見て見ぬ振りをしてくれるかもしれないけど、ハウスマスターに見つかったら大変だよ」

エドモンド校は不純異性、同性交遊は禁止だ。規則を破った場合は休学や停学処分を受けることになっている。

だが、それは教師に見つかった場合であり、生徒の中には秘密の恋を楽しんでいる者もいる。その結果、寮内から休学や停学の処分を受けた学生を出して、寮の名誉を傷つけないようにと、暗黙の了解で生徒間の恋愛関係を隠している寮がほとんどであった。

そういうことから、規則はあってないようなところもある。ただし、節度あるつき合いであり、他の生徒にあからさまに見られるようなことはしないのが、紳士のマナーとして推奨されている。セフレなんてもってのほかだ。

「確かに奏の言う通りだ。今まで誰にも見られたことがなかったから、少し気が緩んでいた気がする。これからは人目があるところでは控えるようにするよ」

「そうしてほしい……」

刺激の強すぎる話に、奏は体力を奪われたような気になり脱力する。その様子を見てか、アデルが小さく笑った。

「昔から奏には心配をかけてばかりだね」

アデルは一学年生、六人部屋だった時のルームメイトで、つき合いも長い。ずっと一緒に切磋琢磨してきた仲だ。

先日ベータであることが判明し、アルファにならなければという思いから解放されて、心が楽になったと話していたばかりだった。

「まあ、あまり心配させないでくれ、アデル」

「ありがとう、奏」

アデルはほっとした表情を見せ、奏を抱き締めてきた。奏も抱き締め返し、アデルの背中をトントンと優しく叩いてエールを送る。するとアデルがひょっこり顔を上げた。

「あ、でも奏、君も凄く人気があって、もてるんだよ？　どうしてか強引に君に迫る人がいないみたいだけど……」

「え？」

大きな誤解である。取り巻きは確かにいるが、恋愛感情ではなく、先輩として慕ってくれているような感じだった。大体、この学校に入ってから、一度も『もてる』という経験をしたことがないのは、奏が一番知っている。

「僕、もてたこと、一度もな……」

「そろそろ奏を解放してくれないかな？　アデル君って言ったかな？　君」

背後からいきなり声がした。

「え？　あっ」

ヒューズが部屋のドアから顔を出し、奏の肩を力強く引いた。思わずバランスを崩し、ヒューズの胸にすっぽりと収まってしまう。

「ヒューズ」

「勉強の時間がなくなるよ、奏」

優しい口調だが、声色に、どこか怒りのようなものが滲《にじ》み出ている気がする。

ヒューズ、怒ってる？

彼が怒っているところなど見たことがなかったし、怒る理由もわからないので、気のせいだろうか。するとアデルも何かを感じたのか、すぐに頭を下げた。

「ごめん、奏。自習の邪魔をしてしまったね。じゃあ、僕はこれで失礼するね。おやすみ、奏。おやすみなさい、ガルシアさん」

「おやすみ」

「ああ、おやすみ、アデル君」

アデルが去るよりも早くヒューズは部屋のドアを閉めた。

「ヒューズ？　どうかしましたか？」

笑みが消えた彼の顔を見上げる。すると彼が口を開いた。

「――奏、簡単に他人に抱き締められるのは、あまり感心しないな」

「他人って……彼は一学年生からの友人ですし」

「もう君も四学年生だ。紳士的な振る舞いをしないといけないな」

「それもそうですが……」

確かに抱き合ったりするのは、少し子供っぽかったかもしれない。奏はヒューズの言葉に素直に反省して、勉強机に向かった。そのままヒューズも隣に座る。

「君が先ほどから注意力散漫だったのは、彼のせいかい？」

「聞いていたんですか？」

「聞こえてきたんだよ」

どうやらヒューズにすべて聞かれてしまったようだ。

「ええ……すみません。その通りです。少しショックだったので、気がそぞろになっていました」

「ショック？　どうして？」

「どうしてって……他人の、しかも友人のそんな場所を目にしてしまったら、驚くでしょう？」

そんな当然なことを聞かれ、奏はヒューズのほうへと振り向いた。彼の表情が先ほどとは違って、穏やかな笑みを浮かべている。

「……ヒューズ、今、僕のことを子供だと思っているでしょう？」

「いや、思っていないよ。君の純真な心に感服していたところだ」

「ほら、やっぱり子供だって莫迦にしている」

「莫迦にはしていない。だが、正直言うと、四学年生になったのだから、もう少し大人にならないといけないないなとは思ったな」

「う……」

その通りなので言い返す言葉もない。

「奏、正直に答えてくれ。君はまだ誰ともキスやそれ以上の何かをしたことはないのかい？　ああ、動物とかは除外してだぞ？」

「え、ええっ⁉」

いきなりそんなことを聞かれて、奏は顔が熱くなった。

「そ、そんなの、セクハラです！」

「そうだな。悪かった、奏。でもその様子では、まだ全然経験がないのかな」

「あ……あっ……」

何か反論したくとも、その通りなので口をパクパクさせるのが精いっぱいだ。言葉が出てこない。するとヒューズが大人の色香を含ませた声でそっと囁いてきた。

「紳士としては失格だよ、奏」

「し、紳士として……」

紳士として恥ずかしくないように教養を身につけるのは、このエドモンド校の教育方針の一つだ。ゆえに、『紳士』という言葉には弱かった。

「エドモンド校を卒業した者は、何事もそつなくこなすエリートとして世間に出ていかなければならない。仕事はもちろん、遊び、人とのつき合い、そして恋愛も。すべてに関してスマートさが要求される」

それは元キングでもあった優秀なヒューズなら、できる話かもしれないが、奏が何もかも上手くできるとはとても思えない。

「それにそんな魅力的な容姿で、悪い男に捕まったらどうするんだ？」

「悪い男って……っ……」

そう言いかけた途端、ふわりとヒューズの唇が奏に重なり、離れていった。

「こんなふうに、簡単に唇を奪われてしまうよ」

誰もが惚《ほ》れてしまいそうな魅惑的な笑みでそんなことを告げられる。奏の鼓動が一気にスピードを増し、ドクドクと高鳴る。

「な……な、な、あなた、何をするんですかっ？」

「マナーとして、相手を尊重するキスの仕方は覚えておいて損はないと思うが？」

「損はないって……」

「例えばキスをする時も、相手を不快にさせては駄目だろう？　常に相手を尊重し、相手の矜持《きょうじ》も守るのも我々紳士の務めだ」

「紳士の務め……」

確かにヒューズの言葉にも一理ある。奏は生まれてからこの方、恋愛関係にはまったく縁がない。だからこそ友人のアデルのキスにも、みっともないほど動揺してしまった。

このまま恋人もできずに学校を卒業し、万が一、誰かとつき合うような機会ができたとしても、とてもスマートにエスコートできる自信がない。つき合う人に幻滅されそうだ。

どうしよう。このままでは、まずいかも……。

ふと頬にヒューズの指先が触れ、彼のほうへ顔を向けさせられた。

「美しい、奏。君がよければ、私が君をどこへ出しても恥ずかしくないほどの紳士に導いてあげるよ」

「美しいって……僕はそんなに美しくありません。あなたみたいな人を美しい、または、かっこいいって言うんですよ」

「そういうところが心配なんだ。君は自分を正確に把握していない。まだこの学校にいる間はいいだろう。だが社会に出たら、君に群がる人間がたくさんいるだろう。中には不埒《ふらち》な輩もいる。一体、私はどれだけ退治をしたらいいんだ？」

「退治って……あなた、僕のボディーガードでもするつもりなんですか？」

ヒューズの冗談のような言葉に、奏は呆れてしまう。

「そうだな、話を戻そう。君を紳士として教育するのは私の務めだ。まずはつき合う相手を尊重し、大切にするスキンシップから教えよう」

「スキンシップ?」

「ああ、特別授業だ」

奏の胸がトクンと甘く鳴る。どうしてこんなときめくような感情を自分が抱くのか、わからなかった。ただ、このヒューズという男が、同性に対してもその魅力が充分通用する色男であることだけは確かだ。

「奏、私と秘密のレッスンをしないか?」

「秘密のレッスン――」

奏は戸惑う自分の顔を、ヒューズの緑の瞳の中に見つけた。


明日が日曜日なこともあり、ヒューズはハウスマスターに奏の外泊の許可を簡単に取ると、奏を外へと連れ出した。

タクシーで連れてこられたのは、ロンドンでも有数のホテルである。彼がここを定宿としているのは以前から聞いていたが、まさか自分がここに来るとは思ってもいなかった。

ヒューズがどんなふうに人を愛するのか、とても興味があり、つい彼についてきてしまった。自分でも考えなしだとは思ったが、それでも、いわゆる大人のスキンシップについて教わるなら、彼以上の適任者もいないような気がする。

「躰は温まったかい？」

「え……ええ」

黄金のかぎ爪脚のついたクラシックな白いバスタブに身を沈め、奏は心を落ち着かせた後、バスローブに着替えて、ヒューズの待つベッドルームへとやってきた。

淡い緑色で統一されたベッドルームの窓からは、ライトアップされたテムズ川が見える。リバービュー・スイートルームの特権で、テムズ川沿いに建つ観光名所の夜景も独り占めだ。

どうしたらいいかわからず、その場で立っていると、ヒューズが声をかけてきた。

「そんなに怖がらなくてもいい。君が嫌がることはしないつもりだ」

「つもり？」

つい聞き返してしまうと、彼が苦笑した。

「承知した。嫌がることはしないと言い切ろう」

そう言って、奏をバスローブの上からふわりと抱き締めた。

「奏の心臓がどきどきいっているな」

「……そういうことを言わないでください」

「どうして？　ほら、私の胸も同じだよ」

「え……」

ヒューズが奏を抱き締める腕に少しだけ力を入れて、自分の胸に奏の耳を押し当てる。

彼の鼓動も少し速いような気がした。驚いて顔を上げると、微笑むヒューズと目が合った。

「一緒だ。君を抱き締めただけで、私も緊張しているよ」

「嘘……。あなた、こんなこと、本当は慣れているのでしょう？」

「好きな子相手には、私だって、大人げなくも緊張するさ」

そんなことは絶対に嘘だと思っても、恋愛の駆け引きにはまったく慣れていない奏の心は、彼の一言一言に翻弄《ほんろう》されてしまう。

「……誰にでもそう言うのでしょ？」

そうやって強がりを言うのが精いっぱいだ。

「そんなことはないが……。確かに君に誤解を与える言動が今まであったことは認めよう。だが私は君一筋だよ？」

彼が奏のこめかみにそっと口づけをし、抱き上げた。そのまま真っ白なキングサイズのベッドに下ろされ、組み敷かれる。

「あ……」

目の前には美しいプラチナブロンドをした男がいた。漠然と初めてのセックスは女性が相手だと思っていたが、なぜか、相手がヒューズであっても違和感がなかった。

ゆっくりとバスローブの腰紐《こしひも》を解《ほど》かれる。すぐに奏の裸体が彼の目に晒された。刹那、ヒューズの双眸が見開く。そして片手で自分の口許を押さえて、何かに耐えている様子を見せた。どうしたのかと黙って見つめていると、彼がようやく口を開く。

「……奏、下着をつけずにいてくれたのか？」

「あ……あの、間違っていましたか？　どうしたらいいのか、わからなくて……。下着をつけていたほうがよかったのでしょうか」

こんな初心者レベルからわからない自分に奏は恥ずかしくなる。ヒューズに教えを乞うことができてよかったと改めて思った。知らずにいたら、このような場面に遭遇した時、醜態を晒して相手にとんでもなく迷惑をかけていたに違いない。

「いや、大正解だ。さすがは三学年生の終わりで最上級クラス、シックスフォームに進級するだけはあるよ、奏。初めてのことでも完璧だ」

おでこに褒美とばかりにチュッと音を立ててキスをされた。そしてヒューズもまたバスローブを脱ぐ。

「え……」

ヒューズの下肢には、とても奏と同じ器官だとは思えないほどの大きな男根が、ぶら下がっていた。まだまったく反応していないのに、奏よりもかなり大きい。

奏の視線に気がついたヒューズは困ったように笑った。

「大丈夫だ。今日は挿《い》れたりはしないよ」

「え、今日は……って。まさか、今日ではないとしても、それを挿れるんですか？」

「ああ、君自身が、どこで感じるかを知らないと、相手を感じさせることはできないだろう？　君のどこがいいのか、私に教えてくれることで、このレッスンは成立する。私がどう動いたことで、君が感じるのかを、きちんと把握しないとならないからね」

恐ろしいことをつらつらと言われる。

「そ……そんな恥ずかしいこと……っ」

「ああ、君にとったら恥ずかしいかもしれないな。だが、それは私も、だ。だから君と秘密で、誰にも知られないようにレッスンをしようと思う。それなら恥ずかしくないだろう？」

「恥ずかしくないだろう……って。僕があなたに翻弄されてわけがわからなくなるのを、あなたに見られるのが恥ずかしいのに」

「それは私も一緒だ。私が君に溺れる様を、君に見られてしまうのだからな。そこは痛み分けということにしよう」

「え？　痛み分けって……んっ……」

下唇を甘く嚙まれた。嚙むというよりは愛撫《あいぶ》していると言ったほうがいいのかもしれない。唇で唇を柔らかく挟まれ、そのままひとしきりしゃぶられると、ヒューズが顔を覗き込んできた。

「ヒューズ？」

「どうしても……私にされるのは嫌か？」

少し困ったような表情で尋ねてくる。その様子が六つも年上なのに、どこか子供のような気がして、奏も少しだけ肩の力が抜けた。

「いいですよ。でも……僕の無知に笑ったりしないでくださいね。僕は本当に初心者だから、どうやってもあなたには敵《かな》わない」

「君の愛と勇気と慈愛に感謝することはあっても、笑ったりなんてしないさ。それに、敵わないのは私のほうかもしれないぞ」

「それはないです」

「フッ……どうかな」

そう言って、ヒューズの手が奏の素肌に触れてくる。ぴりっとした鋭い刺激が背筋に走った。

「んっ……」

「奏、そんな声を出して、私の理性を試すつもりか？」

「試すつもりなんて……ないですっ……あっ……」

ヒューズの美しく整えられた指が奏の劣情に触れた。途端、ジュッと奏の下肢から熱が溢れ、頭を擡《もた》げ始める。

「これくらいで反応してくれるとは、可愛いな」

耳朶をしゃぶられながら囁かれた。彼の熱い吐息と痺《しび》れるような甘い声で、奏の全身がぞくぞくと震えたかと思うと、すぐにそれは快感となって襲ってくる。

「あぁっ……」

怖くなって目の前のヒューズの胸を両手で押し返すが、彼の躰はぴくりとも動かなかった。ふと彼の躰付きを見る。

っ……。

普段ヒューズはスーツを着ているので気づかなかったが、モデルのような綺麗な筋肉がついた躰で、その造形美に見惚れてしまう。

かっこよすぎる……。

同じ男として、何ランクも上であるヒューズに、どう対応していいかわからない。

「悪い子だな。今、よそ事を考えていただろう?」

ヒューズの双眸が細められる。奏の心臓がきゅっと収斂《しゅうれん》した。まるで獰猛《どうもう》な獣に、今にも歯を立てられ喰《く》われてしまいそうな錯覚に陥る。

「よそ事なんて……あっ……」

ヒューズの指がするりと奏の脇腹を滑り落ちていく。ぞくりとした感覚に、また下肢に蜜が集まった。

「まずは、どうやったら君が快感を得るのか教えよう」

彼がそう言いながら、それまで奏の脇や下腹部に這《は》わせていた指を、さらに下へと滑らせる。そしてすでに少しだけ反応し始めていた奏の劣情に触れた。

「あっ……」

思わず腰を引くと彼に押さえつけられる。

「駄目だよ、奏。こんな態度を取ったら、相手の気持ちを傷つけてしまうだろう？」

「そんな……」

確かに、いざベッドに上がった途端に奏が逃げ出したら、相手に失礼だし、傷つける行為かもしれない。だが、奏の覚悟がまだそこまでなかった。ヒューズにそんな場所を触れられるかと思うだけで、羞恥で逃げ出してしまいたくなる。

「大丈夫だ。先ほども言っただろう？　君が嫌がることはしないよ。本当に嫌がることは、な」

「じゃあ、これは、嫌です……」

「恥ずかしくて嫌なのは、嫌ではないよ。勇気がないだけだ」

「勇気がないだけって……あぁぁっ……」

いきなりヒューズが奏の劣情を咥《くわ》えた。

「だめ……そんなっ……放して、ヒュー……ッ……あっ……」

「こんなことは、大人のつき合いでは序の口だぞ？」

「え……あぁっ……」

亀頭を舐《な》められる。もちろんそんなところを舐められたことは、今まで一度もなかった。

大人のスキンシップ、恐るべし、である。

「まずは快楽に身を任せて、君のいいところを教えてくれ。まあ、言わなくとも大体わかるが、君に言われたほうがクる」

「もう、あなた、そんな紳士な顔をして、本当はとてもスケベなんじゃないんですか？」

「その通りだ。私の本質をよくわかっているじゃないか、奏」

「開き直らないでください……あっ……」

彼が奏の鈴口に歯を立てた。刹那、そこから痺れるような熱がうねりを上げる。

「あっ……あぁぁっ……」

急所を相手に晒すことにも恐怖に似た感情が生まれるのに、そこを好きなようにさせるということは、相手にかなりの信頼がなければできないことだと感じた。

初めての相手が、ヒューズでよかったのかもしれない……。

悔しいが、そう思うしかない。悔しいと思うのは、やはり自分がとても子供であることが、彼のテクニックや言動から透けて見えるからだ。エドモンド校において、四学年生で監督生になれるのは大層な名誉だと思っていたが、そんなことは広い世界から見たら、些細《ささい》なことなのかもしれない。

ヒューズに会って、自分がいかに井の中の蛙《かわず》であるのかを思い知らされた。

実家の経済面を立て直すためには、もっと見聞を広めなければならない。まだまだ未熟な自分ではあるが、少しでも、一歩でも、前を歩き、上流階級の中でも恥ずかしくない知識と教養を身につけたかった。そしてサイモン子爵家を曾祖父の時代のように守り立てたい。

ガルシア侯爵家の嫡子の彼と知り合いになれたことだけで、奏の将来は大きく拓《ひら》けるだろう。だが、それに甘えたくはなかった。これは奏の最後のプライドだった。

だから、今、いろんなことを彼に教えてもらい、それをしっかり吸収して、いつになるかわからないが、将来は彼に一人の男として認めてもらいたかった。

でも、セックスも彼に教えてもらうとは思ってもいなかった――。

「っ……」

ヒューズの唇が奏の膨れ上がる劣情を滑っていく。触れたところから、じわりと淫靡《いんび》な熱が広がり、奏の理性を蕩《とろ》かす。竿《さお》を歯で扱《しご》かれながら両脇の蜜袋を指で揉《も》みしだかれた。

それだけで、もうなけなしの理性が飛びそうだ。

「ヒューズ……っ……」

溢れそうになるこの熱を、どうしていいかわからからず、切羽詰まって彼の名前を口にする。もう何もかもがはちきれそうだった。

「大丈夫だ。一度、出してしまおう」

「え？　出す？」

意味がわからず聞き返すと、再び奏の男根を咥えようとするヒューズが目に入る。

「ヒュー……あっ……あぁぁぁっ……」

奏の肉欲は、すっぽりと彼の口腔《こうこう》に包まれた。くびれを舌で愛撫され、嬌声《きようせい》を上げてしまう。さらに口を窄《すぼ》め、竿を扱かれると同時に、亀頭に疼《うず》く小さな孔《あな》を舌先で責められた。

余すところなくしゃぶられ、あまりの愛撫に自分の下半身が溶けてなくなってしまうのではないかと思うほどだった。

鈴口に歯を立てられ、身をよじる。彼に仕掛けられるたびに、抵抗する術《すべ》もなく、ただただそれを従順に受け止めるのが精いっぱいだった。奏の劣情を彼の唇が吸うたびに、いやらしい音が奏の鼓膜に響く。とてつもなく破廉恥なことをしている気がして、小さな罪悪感が胸に生まれ、またそれが淫靡なスパイスとなって、奏の理性を蝕《むしば》んだ。

「あっ……あっ……」

体内から湧き起こる熱が、愛撫されて敏感に熟れた欲望の先端から噴き出しそうだ。なのに、ヒューズは奏の切羽詰まった状況に気づかないのか、ひくひくと小さく口を開く蜜孔に舌を差し込んできた。まるで射精を促すように、だ。

「ヒューズ……放して……もう……出る……か、らぁ……くっ……」

吐精しそうになって堪《こら》える。涙で潤む視界に、彼が奏の下半身を咥える姿が入った。こんな状況でもノーブルな印象を損なわない彼に、恨み言を言いたくなる。

彼は奏を口腔内の奥深くに取り込み、歯や窄めた頬で扱き始めた。

「もう……僕ばかり……っ……あぁっ……」

彼のエメラルドグリーンの瞳が奏を真っ直《ま》ぐ《す》見据えてきた。

「あっ……」

躰中の熱がぶわっと溢れ出す。自分の痴態を彼が見ていることに気づいただけなのに、奏の躰は過剰な快感に襲われた。それと同時に下半身をヒューズに大きく吸われる。

「あぁぁぁぁぁぁぁっ……」

瞬間、頭の中が真っ白になった。奏の劣情が己の意思に反して、いきなり弾《はじ》けたのだ。

「あぁあっ……ふ……」

ヒューズがその熱を喉へ流し込むのを、視界の端に捉えた。

なっ……そんなものを飲むなんて信じられない――っ。

だが、奏のそんな思いにもおかまいなく、ヒューズはさらにきつく吸いつき、吐精を促してきた。

「あ……あ、あ、あ……あぁ……んっ……」

重く痺れるような熱に引きずられ、喜悦の沼に沈んでいく。こんな破廉恥なことをしては駄目だと思っているのに、快楽を求めて躰をヒューズに預け、続けて彼の口の中へと劣情の熱を放ってしまう。もう止められなかった。

「あああぁっ……」

きゅうっと吸いつかれ、残滓《ざんし》まですべて奪い尽くされる。四肢の力が抜け落ち、奏はヒューズにされるがままに貪《むさぼ》られた。

ようやくヒューズが奏の下肢から顔を上げ、額にくっついた前髪をそっとかき分けてくれる。優しい仕草の中にも、彼の雄の獰猛さが見え隠れしている気がした。

「なかなか濃かったな。自分でしていないのかな？」

「っ……デ、デリカシーに欠ける質問には、お、お答えできません」

「ああ、すまない。君を目の前にすると、自分がいかに紳士の皮を被《かぶ》っただけの獣なのかよくわかるよ。己の欲望が抑えきれない」

そう言って、奏の手の甲にチュッと音を立ててキスをする。普通の男がすると、ただのキザでしかないのに、ヒューズがすると心がときめいてしまうのは、奏だけではないはずだ。

彼、絶対、誑しだ……。

こんな恋愛百戦錬磨のような男を相手にしていたら、奏もいつかは誑《たぶら》かされてしまうに違いない。

気をつけないと……。自分だけ本気になって、ヒューズの重荷になったら駄目だ。

それに――。

もしオメガに覚醒したら、僕は――。

刹那、胸が詰まるような思いがした。

「奏――」

ヒューズに名前を呼ばれ、我に返る。

「今夜は、約束通り、挿入はしない。その代わり、私が達《い》くのを手伝ってくれ」

「あ……はい」

あまりにも彼の直接的な言い方に動揺してしまうが、ヒューズの下半身がそのままになっているのも気にかかっていた。テクニックはないが、少しでも手伝うことがあるなら、手伝いたい。

「じゃあ」

「え?」

POSTCARD

STAMP HERE

101-8405

東京都千代田区
神田三崎町2-18-11

二見書房
シャレード文庫愛読者 係

通販ご希望の方は、書籍リストをお送りしますのでお手数をおかけしてしまい恐縮ではございますが、**03-3515-2311までお電話くださいませ。**

<ご住所> □□□-□□□□

<お名前> 様

*誤送を防止するためアパート・マンション名は詳しくご記入ください。
*これより下は発送の際には使用しません。

TEL	職業／学年
年齢　　代	お買い上げ書店

Charade愛読者アンケート

この本を何でお知りになりましたか？

1. 店頭　2. WEB（　　　　　）　3. その他（　　　　　　　　）

この本をお買い上げになった理由を教えてください（複数回答可）。

1. 作家が好きだから（小説家・イラストレーター・漫画家）

2. カバーが気に入ったから　3. 内容紹介を見て

4. その他（　　　　　　　　　　　　　　）

読みたいジャンルやカップリングはありますか？

最近読んで面白かったBL作品と作家名、その理由を教えてください（他社作品可）。

お読みいただいたご感想、またはご意見、ご要望をお聞かせください。

作品タイトル：

ご協力ありがとうございました。

お送りいただいたご感想がメルマガに掲載となった場合、オリジナルグッズをプレゼントいたします。

いきなりヒューズの手が腰に回ってきたかと思うと、そのまま奏の躰を持ち上げ、くるりと反転させられた。彼の面前に臀部《でんぶ》を向けて四つん這いになる。

「な、なに？」

とてもではないが、この恰好《かっこう》は羞恥を伴い、今すぐにでもやめたい。だが、そう思った瞬間、ヒューズが後ろから覆い被さり、奏の太腿《ふともも》の間に自分の男根を挟み込んできた。そして奏のものを握る。

え⁉

「股を貸してくれ。代わりに私が君のを擦《こす》るから、一緒に気持ちよくなろう」

「気持ちよくなろうって……ひゃっ……」

彼の手がいきなり奏の肉欲を扱き始めた。同時に彼の腰が奏の股で抽挿《ちゅうそう》を繰り返す。

「あっ……ヒュ……っ……な……っ……」

内腿に彼の熱を挟むことで、よりリアルにヒューズを感じ、奏は困惑を隠せないでいた。

そんな……。ヒューズのものが僕の脚の間に——。

ふと前を見ると、窓ガラスに二人の姿が鮮明に映っており、ヒューズの熱く濡れた視線とぶつかる。いつも理知的に光るエメラルドグリーンの瞳が、熱を孕《はら》んでいるのが奏から見てもわかった。

「ヒュー……ズ……っ……」

躰が熱い。下肢から燃えるような劣情が込み上げて、どうしようもなかった。彼に触れている場所すべてに、痺れるような感覚が生まれ、狂おしいほどの快感が溢れ返る。渦を巻くような熱が、濁流となって奏の躰を呑み込んだ。男根を内腿で挟むという非日常の行為の中、奏の欲望がヒューズの手によって大きく震える。奏のものからは達ったばかりだというのに、もう蜜が沁み出ていた。

あまりにも卑猥《ひわい》な光景に、奏は窓から視線を外したが、首筋に彼の熱い吐息がかかる。

「駄目だよ、奏。ちゃんと自分の姿を見ないと。自分がどれだけ色っぽいのか自覚しないといけないな。さあ、君は誰とベッドを共にしている？」

「ヒューズ……っ」

恥ずかしさに挫《くじ》けそうになるが、勇気を出して目の前の窓ガラスに映ったヒューズをもう一度見る。刹那、背筋に鋭い電流のような痺れが走った。

「あっ……」

ぬるりとした汁が大量に奏の先端から溢れ出す。

「なぜ……っ……あ……」

「私と目を合わせるだけで感じるのか？　光栄だな」

「っ……あなた……色気を全開に振りまかないで……くださ……いっ……。こっちは初心者なんですから……っ……あっ……」

「君に色気だなんて言われるとは……この容姿に生んでくれた両親に感謝するべきかな」

そう言いながら、ヒューズは手の動きに緩急をつけて扱く。自慰もあまりしたことのなかった奏にとって、何もかも刺激が強すぎて、意識が飛びそうになった。

「ま、待って……ヒュ……あぁぁあっ……」

奏は込み上げてくる喜悦に何度も達きそうになるのを堪えた。躰のあちこちから快感が爆《は》ぜる。どうしていいかわからず、奏はベッドのシーツをきつく握り締めた。

「も……う……だ、め……っ……ふ、あぁ……」

快感で足腰に力が入らず、奏は頬をシーツに擦りつけ、腰だけをヒューズの手によって持ち上げられている恰好だ。

「あぁぁぁぁあっ……」

ついに二度目の射精をしてしまう。彼の手だけではなく、自分の下腹やシーツにも白蜜が飛び散るのが目に入った。

「あ……あ、あ……あぁ……ふっ……」

吐精したのに快感が続き、その甘い責め苦に悶《もだ》える。するとヒューズがひょいと奏を抱き上げ膝に乗せた。そしてまるで赤子をあやすかのように、優しく揺り動かしてくれる。

奏はぎゅうっと彼の躰に抱きついた。痺れるような重く淫らな熱が躰の芯に絡みつく。羞恥に身悶えながら目を閉じると、あまりの快感に涙が溢れた。

「奏――」

ヒューズの優しい声が頭上から降ってくる。同時に目尻に柔らかくキスをされた。

「君を守るよ、奏――」

守る……?

その意味がよくわからなかったが、それでもヒューズがいてくれるのが心地よくて、奏は目を瞑《つぶ》ったまま彼に身を預けた。まだヒューズが違っていないことも知っていたので、後でまた手伝おうと思う。だが今はこの躰の興奮を少しでも落ち着かせたかった。

初めてのセックス――。

もしかしたら、これはセックスとは呼ばない行為かもしれないが、それでも奏は自分の大切な部分を、初めて他人に渡したような気がした。

こうして、奏はヒューズによって初めて大人のスキンシップを習い、その後、三回目でヒューズに挿入を許すことになる。

それから一年、彼と大人の関係を続けながら、奏は最終学年、五学年生となったのだった。

◆ V ◆

クリスマス休暇も終わって一月になると、奏にオックスフォード大学から合格通知がメールで届いた。本来は三月に届くことになっているのだが、それよりも早く結果が届くとは、意外とよくあることで、晴れて奏も九月から大学生になることが決まった。

奏は、まずは目標であった大学に合格したことで、ほっとした。進学は、父の事業を手伝うためのステップの一つで、まだまだ先は長いが、大きな難関を無事に突破できたことを素直に喜んだ。

だが一方、ヒューズとは未だ別れることができずに、ずるずるとセックスフレンドなのか、恋人なのかわからない中途半端な関係が続いたままだった。

本当はクリスマス休暇明けに、答えを出すはずだったのに、奏に迷いがあることを見抜いたヒューズが、無期限に待つから答えを出してほしいと言ってきたのだ。

NOとは言えなかった。奏もまたヒューズとできるだけ一緒にいたかったからだ。

もう僕も、ヒューズを愛していることを認めなければならない――。

ヒューズのような百戦錬磨の男から見れば、奏など赤子の手を捻《ひね》るも同然なので、騙されているのかもしれないと思うこともある。

だが同時に、そうやって彼のことを悪く考えて、自分から彼を遠ざけようとしていることにも気づいていた。いくら彼の悪いところを想像したところで、彼の誠実さを信じきれるくらいには、奏はヒューズのことを理解している。

そう、すでに手遅れなのだ――。ヒューズを嫌うことができないほど、彼に嵌《はま》っている。

大学に合格した今、彼の家庭教師としての役割は終わった。別れるタイミングとしては、今がベストな時期である。

別れる――。

愛しているのに別れるという選択をしたのは、奏がこのクリスマス休暇から熟考して出した結論だった。それなのに、ヒューズの一言で、奏の決意は揺らいでしまい、また不毛な関係を続けてしまっている。

ヒューズのことを愛していると気づいた奏にとって、この恋は八方塞がりだった。

オメガに覚醒すれば、他の男と結婚しなければならないし、ベータであれば、逆にヒューズには不相応な相手でしかない。そして万が一、アルファとして覚醒したら、今度は自分の家の嫡子問題が出てきて、さらにヒューズの子供が産めないこともあり、彼との結婚はほぼ絶望的である。

どちらにしてもオメガでなければ、彼の子供が産めないので、ガルシア侯爵家という大貴族の嫡子のヒューズの相手として考えると、奏は失格であった。

奏がヒューズと一生添い遂げたいのであれば、オメガでなければならない。だがオメガに覚醒すれば、奏には結婚しなければならない相手がいる。

どう足搔《あが》いても実らない恋であり、家を継ぐ立場としては、絶対実らせてはならない恋だった。

家――――。

貴族という肩書の中で、一番の比重を持つ『家』という存在。その『家』に対しての責任を、『恋愛』ごときで放り出すわけにはいかなかった。

特にヒューズのようなイギリスでも屈指の名家は、多くの使用人を養っていかなければならない他に、国の重鎮として責務を果たす義務がある。それを投げ出すことは無責任であり、貴族として生まれたからには、決して許されることではなかった。

そしてその傍らに立つ者も同じで、ヒューズを支えるだけの資質を兼ね備え、覚悟を持たなければ務まらないだろう。ただのベータや子供の産めないアルファでは駄目なのだ。

ヒューズには希少なオメガか、アルファの女性が相応しい。

奏は自分にそれを何度も言い聞かせ、己の恋心を暗い場所へと埋めている。

小さく溜息をつくと、ドアをノックする音が聞こえた。返事をするとファグの御井所がドアから顔を覗かせる。

「マスター、サロンでフィフティーン・ドミトリーズのメンバーの決起会が始まります」

「ああ、もうそんな時間だったか」

フィフティーン・ドミトリーズ。エドモンド校の十五の寮からそれぞれチームを作り、寮対抗で戦うトーナメント式のラグビーの試合である。

寮対抗戦であるので、上位三チームまでに入賞すれば、寮にポイントも加算された。

試合は毎年二月一日から始まり、バレンタインデーの日に終わる。そして優勝したチームには、エドモンド校の生徒から選ばれた『湖の乙女』から、代々伝わる『栄光の剣』が渡されることになっていた。これはアーサー王伝説で、アーサーが湖の乙女から神剣エクスカリバーを受け取ったことに由来している。

この剣を、キングの証《あかし》、『王の聖杖《ロッド》』という杖《つえ》とセットで持つことができたキングは、キングの中のキングとされ、歴代のキングの名前が記載される台帳に金の文字で名前が書かれることになっていた。

ちなみにヒューズの名前も金文字で書かれている。

「今年はラグビー部の新星と呼ばれる生徒が我が寮にいるから、期待大だ」

御井所にそう声をかけると、彼が少しだけ寂しそうな顔をした。

「どうした？」

「いえ、寮長がマスターに早く来るようにと……」

「ああ、わかった。すぐに行こう。でもその前に――」

奏は御井所の様子がおかしいことに気づき、そっと彼の手を取った。

「――御井所、何かあったのかい？　君は僕のファグだ。何か困ったことや悩んでいることがあったら、マスターである僕に言うべきじゃないかな？　君が何も言ってくれないと、僕の役割がなくなってしまうよ？」

「っ……」

御井所の目が真っ直ぐに奏に向けられた。御井所はしっかりしているので、決して他の生徒には悩みや心配事を口にしたりはしないだろう。だから奏が御井所の様子を、気をつけて見ていなければならないと常々思っていた。

「それとも僕の考えすぎかな？　そうだったら、申し訳なかったね」

御井所は小さく首を横に振った。そして小さな声で話し始めた。

「……僕はラグビーの選手に選ばれませんでした」

奏はそっと御井所の手を引き、部屋に招き入れて、御井所を椅子に座らせる。彼は奏にされるがまま椅子に座った。

「僕と同じ一学年生のロベルトは親睦会でのマンスフィール寮の代表に続き、今回のラグビーの選手にも選ばれました」

御井所は文武両道の優秀な学生だ。ただ東洋人のせいか、例えばロベルトに比べると躰が華奢で、体力的にも敵わないところが、すでに一学年生のうちに表れているようだった。

「フェンシングの腕には自信がありました。なのに、僕はギネヴィア姫に選ばれてしまい、選手として出ることが、最初から叶《かな》いませんでした」

それで当時、御井所が不服そうにしていたのだと理解する。女装が嫌だったのかと思っていたが、それだけではなかったのだ。

「僕は、このまま何もできずに終わってしまうのでしょうか……っ……」

そう言いながら、少しだけ御井所の目が赤くなっていた。

「御井所……」

彼が見た目に反して野心家なのは奏もわかっていた。最終的に監督生、いや寮長、もしくはキングまで狙っているのなら、一学年生から文武共にそれなりの成績を残しておかなければならない。

奏はティッシュを机の上から持ってきて、御井所に渡した。そのティッシュで御井所はチンと鼻をかむ。まだ十三歳だ。可愛らしい。

「御井所、今は辛いかもしれないけど、得意ではないもので、上に立てたことはいい経験だよ。ギネヴィア姫がそうだ。君は一生懸命演じてくれた。そのお陰で君のギネヴィアは、ここ最近で一番の姫だったと学校中で喜ばれている。これは凄いことだ」

御井所が黙って奏の話を聞いてくれている。

「得意なものがあることはいいことだ。でも不得意なものを克服するチャンスを得ることは、もっと素晴らしいことだよ。御井所は僕と同じアジアの血を持っているから、どうしても体格的に欧米人に劣ってくる可能性が高い。だから、今のうちにたくさん自分ができることを見つけるんだ。誰にも負けないものをいっぱい探して、これからの五年間を実のあるものにするんだ」

「誰にも負けないもの……」

「そう。時間は待ってくれない。五学年生なんてあっという間になってしまう。だから上を目指すなら、今から動け。立ち止まっている時間はないよ」

それは自分にも言えることだった。立ち止まっている時間などない。ヒューズとの関係をいつまでも悩んでいてはいけなかった。結果はわかっているのだから、早くピリオドを打って、次のステップへ進むべきなのだ。

「僕はキングになれるでしょうか……」

御井所が小さな声で、でもしっかりした口調で尋ねてきた。

「可能性はあるよ。君はしっかりしているし、このマンスフィール寮の新入生のリーダーにもなっている。ただ、キングになるにはある程度、狡猾さも必要になってくる。本音を言うと、僕は御井所にそんな狡《ずる》さを持った人間になってほしくないんだけどね」

「狡猾でなくともキングになれる道を、僕は探します。だから、マスター、僕に立派な紳士になるべくいろいろと教えてください」

「御井所……」

はっとした。御井所には奏にはない強さがあることに気づく。そして同時に救われたような気持ちになった。自分がこのまま恋を失うことになっても、御井所をきちんと導けるよう、頑張りたいというもう一つの目標が生まれたからだ。

僕も気を引き締めて、しっかりと、この子を導いていきたい――。

奏の胸に愛しさと共に、改めてマスターとしての使命が認識される。

「そうだね。君の言う通りだ。きっと君にぴったりのキングへの道があるはずだ。僕も卒業するまでに、君にできる限りのことを伝えるよ。この栄えあるエドモンド校の素晴らしさを、君に知ってもらいたいから」

「ありがとうございます、マスター」

御井所がやっと笑顔になったので、彼の頭をそっと撫《な》でた。

「じゃあ、行こうか。フィフティーン・ドミトリーズのメンバーを激励しよう。マンスフィール寮の栄光は、僕たちの栄光でもあるからね」

「はい」

御井所の元気な返事に、奏は笑顔で彼の手を引っ張り上げ、椅子から立ち上がらせた。

フィフティーン・ドミトリーズが開催されている間は、授業も特別カリキュラムとなり、毎日昼食前に平日は一試合、土曜日は二試合が開催される。

ただし最終日の二月十四日だけは、もしその日が日曜日だったとしても、特別に決勝戦が行われることになっていた。

決勝戦がバレンタインデーに行われるのが、このフィフティーン・ドミトリーズの醍醐《だいご》味《み》の一つでもあるからだ。

実は、優勝チームの生徒は当日、好きな相手に愛の告白ができるチャンスを獲得できるという裏イベントがあるのだ。そのため、寮生は大いに盛り上がる。

今年はバレンタインデーが日曜日だったこともあり、ヒューズも決勝戦の見学に来ていた。相変わらずエドモンド校の入構許可証をしっかり活用している彼である。

奏たちのマンスフィール寮は、昨日の準決勝で敗退したが、獲得点数の差で三位に食い込み、見事MVPポイントを得ることができた。お陰でどうにか面目が立ち、これから行われる決勝戦は、ある意味心穏やかに観戦できる。

「あなた、本当にラグビー、好きですね」

隣で、今か今かと決勝戦を待つヒューズに声をかけた。いつも落ち着いた大人の男であるヒューズが、試合が始まると少年のように騒ぎ、選手の応援をするのだ。

「イギリス人の血が騒ぐのさ。冬はラグビーがないと過ごせない」

「そして春はボートレースがないと過ごせないんでしょう？」

「さすがは奏だ。私のことをよく知っているな」

膝にかけたブランケットの下で、奏はヒューズと手を握って座っていたのだが、ヒューズは話しながら、改めて奏の手をキュッと力を込めて握った。奏の心臓がトクンと大きく鳴る。

「……ぼ、僕でなくとも、あなたのことを知っている人は、皆が知っていますよ。それよりもブランケットの下で、人から見えないからといって、手を握るのをやめていただけませんか？」

「なぜ？」

ヒューズがエメラルドグリーンに輝く美しい瞳を奏に向けてくる。本当に、この男の魅力に抗《あらが》うのは大変だ。

「な、なぜって……恋人ではないですし、誰かに見られてもよくありません」

「恋人ではない……か、つれないことを言うな。奏、君に決まった人がいないのなら、私は全力で君を落とすつもりだよ？　それに、君と私の仲がいいのは寮内でも有名だ。今更だろう？」

その通りだ。今でもヒューズと奏が座っている席の、前後左右の席の生徒らは、こちらを見ないようにか、微妙に二人に背を向けて座っているのだ。皆が気を遣っている感じがしていたたまれない。

「……男同士が、仲がいいからといって、こんなことしません」

「じゃあ、私たちが初めてになればいい」

「はぁ……あなたのポジティブさには、ついていけません」

そう言いながら、奏もヒューズの指先をそっと握った。

この時間がいつまでも続けばいい——。

そんなことなど、絶対無理だとわかっているのに、願わずにはいられない。

ヒューズとの時間。そしてこの学校で過ごす時間。仲間と暮らす時間。どれも止めることはできない。

この馴染《なじ》み深い、愛すべき時間を失うのが怖かった。だが、必ずどれも手放さなければならない時が来る。自分はそれを受け止めることができるのだろうか。

『狡猾でなくともキングになれる道を、僕は探します』

ふと、先ほどの御井所の言葉が脳裏を過る。自分は御井所のようには言えない。

『手放さなくとも未来を歩める道を、探します——』

そう言える強さが欲しかった。

決勝戦は、エグゼスター寮とセント・ピーター寮の両チームによる激戦となったが、僅差でエグゼスター寮が試合を制した。

そしてフィフティーン・ドミトリーズの非公認名物、優勝チームによる告白タイム、いや、告白ショーが今年も開催されている。今、グラウンドでは、エグゼスター寮の寮長が、同じ寮の副寮長に告白するという大舞台が繰り広げられていた。

ラグビー場のど真ん中で、寮長が副寮長の前で跪《ひざまず》き、『愛している、リムル！』と叫ぶ。

「うぉぉぉぉぉぉぉぉぉっ！」

もしかしたら試合の時よりも大きいのではないかと思われる声援がスタジアムを揺らした。何年間も副寮長に片想いをして、自分の想いを告げられなかった寮長が、とうとう多くの学生の前で一世一代の告白をしたのだ。周囲はやんややんやの大騒ぎだ。

「手一つ、握らなかったなんて、純愛かよ！」

「そんな男、振っちゃえ、振っちゃえ、副寮長！」

いろんなヤジが飛び交う中、副寮長のリムルは小さく頭をコクンと縦に揺らした。途端、スタジアムは阿鼻叫喚《あびきようかん》の巷《ちまた》と化す。

「ぐわぁぁぁぁぁぁっ！」

「誰か、私たちに春を〜っ！」

奏の周囲でも皆が大げさに頭を抱えて叫んでいた。隣でヒューズがくすくすと笑う。

「寮長と副寮長か……。奏がジャン君に狙われていなくてよかった。まあ、ジャン君も命拾いしたということか」

「……あなた、ジャンに何かしたら、怒りますからね」

不穏なことを呟くヒューズに一応釘《くぎ》を刺しておく。するとヒューズが今度は意味ありげに双眸を細めた。

「っ……」

膝にかけてあるブランケットの下で、ヒューズの指先が動いた。奏の指一本一本を確かめるように触ると、左手の人差し指にするりとリングを嵌《は》める。驚いてヒューズを無言で見上げた。

「人差し指のリングはインデックスリングと言って、特に左手は目的に向かって前向きに進む力を与えてくれると言われている。君の悩みに、少しでも力になれたらいいかと思って、探してきた。バレンタインのプレゼントだと思って受け取ってほしい」

「……ヒューズ」

「迷信かもしれないがな」

自分は逃げることばかり考えているのに、ヒューズはこうやって応援してくれる。

僕は卑怯だ――――。

奏は自分の至らなさが身に沁みた。それと同時に、彼に心から感謝する。

「ありがとうございます。これ……心の支えにします」

「そんなに素直に礼を言ってはいけないよ。本当は君を誑かすために、私は優しいことを言っているだけかもしれないぞ?」

そんなことを茶化していってくるヒューズに、奏も冗談で返す。

「ふふ、それも含めてあなたですから」

そう言うと、再びきゅっとブランケットの下できつく手を握られた。

「――――本当は君の薬指に指輪を嵌めたかったが、こればかりは君の同意なしではできないからな。理性で人差し指にした」

「ヒューズ……」

「フィフティーン・ドミトリーズの非公式イベントに乗じて言わせてくれ。奏、私は君を愛しているし、君が答えを出してくれるまで待つよ。だから私のことを負担に思わないでほしい。いや、こんな言い方も君には負担かもしれないが……」

ヒューズが苦笑する。彼の気持ちを考えると、自分の言動に胸が苦しくなり涙が溢れそうになった。きっとこんなに自分のことを愛してくれる人は、この先現れないだろうし、自分もこんなに愛しいと思える人はいないと思う。

『愛している』だけでは済まされない世界が、未来にはあるというのに、愛だけですべてを突破できると、未だ青臭いことを思ってしまう自分がいた。

好き——。

たったそれだけの一言が言えない。

臆病なのか、理性を保っているせいなのかわからない。でもたぶん臆病だから言えないのだ。

奏は目を瞑って、自分の恋心をきつく胸の奥へと押し込めた。

◆ VI ◆

四旬節《レント》がいよいよ始まる。

四旬節というのは、キリスト教でいう断食期間のことで、食事を含め、多くの欲の節制、祝い事の自粛、そして慈善活動が推奨される期間である。

初日となる灰の水曜日からイースターの前夜まで、喜びの日の日曜日を抜いた、四十日間を指しているが、このエドモンド校でも、これにちなんで二学期に当たるこの時期を、四旬節学期とも呼んでいた。

昔から四旬節では贅沢《ぜいたく》な食事はしてはならないこともあり、その前日、告解の火曜日で、贅沢品とされていた肉や卵やバターなどを使い切らなければならない。

そのためこの日は、今でも豪華な料理とパンケーキを食べる風習がイギリスには根強く残っていた。

そして告解の火曜日といえばもう一つ、その日に行われるパンケーキ・レースが名物となっていた。

イギリス各地で今なお開催されているお祭りだ。

このエドモンド校でも毎年、寮を挙げてのパンケーキ・レースが行われていた。レースの出発地点は講堂である。四百年程前に建てられた石造りの講堂は、以前ダンスホールとして使われていたものだ。

今は別にダンスホールがあるので、キング選定会の会場となったり、月に一度の寮長たちの寮長会の部屋として使われたりしている。

そんな伝統のある講堂から出発し、五百メートル先の大聖堂を目指して、フライパンにパンケーキを乗せて生徒たちは疾走するのだ。

ただパンケーキをフライパンに乗せるだけではない。パンケーキを高く飛ばしてひっくり返し、綺麗にフライパンに着地させながら走り、そしてそれを次の走者に渡さなければならなかった。

採点は三つの要素からつけられる。まず一つ目は、いかに早くゴールできるか、そして二つ目は、パンケーキをどれだけ高く飛ばせるか、そして最後は、パンケーキの形がどのくらい綺麗なままゴールに到着できるかだ。

スピードだけを重視しても、ゴールする前にパンケーキが跡形もなく消えていることがほとんどだ。そうなると失格である。結果、この三つの要素が綺麗に合わさっていなければ、高得点は狙えなかった。単純に見えて意外と難しい競技である。

競技は、五百メートルを一人百メートルずつ走る、合計五名からなるチームでのリレーとなる。

各寮から学年別に五チームが作られ、総勢七十五チームで得点を競う。パンケーキは前日から、それぞれの寮の調理スタッフがもの凄い数のパンケーキを焼き上げ、この競技に一役買っていた。

余ったパンケーキは競技後に、教師やスタッフを含めて全員で食べる。さらに五学年生はそれぞれ世話になった人にパンケーキを持っていって今までの感謝を伝えるというのが、伝統となっていた。

そしてその後に大聖堂へ行って、皆が告解をするのだ。

この競技も三位まではポイントが入るので、誰しもが本気でフライパン片手に闘志を燃やしている。

傍《はた》から見たら少し滑稽でもあるのが、このパンケーキ・レースの特徴だ。

奏もマンスフィール寮の五学年生チームの一人として走ることになっていた。しかもアンカーだ。

毎年、パンケーキがアンカーに回る頃になると、皆の扱いが荒いため、ちぎれちぎれになり、最後は端くれくらいしか残っていない。そのため、アンカーは失格にならないよう、五人の中でもっとも慎重にゴールまでパンケーキを運ばないとならなかった。

そういうことで、同級生が皆、奏が一番慎重で、落ち着いているからとアンカーを押しつけてきたのだ。ちなみにジャンは一番走者だ。

奏は指定の体操服である白の長袖シャツにベージュのVネックセーターを合わせ、濃紺のニッカボッカーズを穿《は》いた上に、ウィンドブレーカーを羽織り、自分の出番を待った。

「もうすぐだな」

ふと声がかけられる。ヒューズだ。火曜日だというのに、このレースを見るためにわざわざ仕事を休んで来ていた。思わず奏も恥ずかしさ紛れに軽く睨んでしまう。

「あなた、本当に仕事、休んでいいんですか？」

とげとげしい声にも、ヒューズは笑顔だ。

「ああ、奏が走者だと聞いてから、この日は休めるよう調整しておいたからな」

「……もう、あなたは僕の保護者ですか」

呆れたように小声で呟くと、彼がひょいと身を屈め、奏の耳許に唇を寄せた。

「保護者では、君といやらしいことができなくなるから、その役はご免こうむ……うっ」

反射的にヒューズのつま先を踏んで、黙らせる。こんな場所でいくら小声だからと言って、誰かに聞かれたらまた言い訳が大変だ。

「手厳しいな、ハニーは」

「そう思うなら、セクハラ発言はしないでください」

注意するも、ヒューズは双眸を細め奏を見てくるばかりだ。

以前、ヒューズにどうしていつも嬉しそうに笑っているのか尋ねたことがあったが、奏が何をしても可愛いからと言われ、恥ずかしさに撃沈したことがある。今もたぶんそう思っているのだろうと思うと、それ以上、何も言えなくなった。

それに今回、奏はヒューズにパンケーキを渡そうと考えている。周囲からも『オックスフォード大学に合格できたのも、遠くから通ってくれた家庭教師、ガルシアさんのお陰だろう？　奏、お礼をしないと駄目だぞ』などと言われ、どうにもその意見を無視できなかったのだ。

改めてお礼って……恥ずかしいよ。

そう思いながら、隣に立つヒューズの横顔をちらりと盗み見る。曇り空の下でも淡く光るプラチナブロンドが彼の高貴さを引き立てていた。

こんな一流の男がどうして自分なんかに、愛を告げてくれるのか不思議で堪《たま》らない。自分のどこに、そんな価値があるのか、自分自身でもわからないというのに――。

「奏！　もうすぐ出番だぞ」

同寮の仲間が声をかけてくれ、奏はヒューズと一緒にコースの脇へと移動した。

レースは一度に五チームが競う。全部で七十五チームあるので、十五回、レースが続くことになる。

タイムとパンケーキの状態、そしてパンケーキをひっくり返す高さと技の美しさを競うため、各寮のハウスマスターが審査員を務めることになっていた。

ハウスマスターは自分の寮がレースに出る時は、公平を期するため、審査員から外れ、残りの十人の厳格なる審査で、点数がつけられる。

奏を含むマンスフィールド寮の五学年生は、他の寮生と同様、それぞれのスタート地点に着いた。リレーされるのはバトンではなくパンケーキが乗ったフライパンだ。

そこにキングの声が響く。

「オン・ユア・マーク！」

第一走者のジャンが、片手にフライパンを持ってコースに立つ。一斉にほうぼうから声援がかかった。

「パンケーキ、落とすなよっ！」

「いいか、手首を使えっ！」

「ウルトラ・トリニティ、発動だっ！」

意味のわからない声援まで飛び交う中、キングがコールする。

「ゲット・セット！」

各寮の第一走者が走りやすいポーズをとる。応援側も黙り、固唾《かたず》を呑んで己の寮の選手を見守る。緊張が漲った瞬間、号令がかかった。

「ゴーッ！」

「うぉぉぉ！」

声援というか、怒濤《どとう》の叫び声が、アンカーである第五走者の奏が立っている場所まで大きく聞こえてきた。

ジャン――――！

祈るような思いで第一走者のジャンを見つめる。講堂から大聖堂まで、ほぼ一直線なので、全員の走り具合が見えるようになっていた。そのコースの両脇には大勢の生徒が集まり、熱い声援を送っている。

ジャンは器用にパンケーキを放り投げてはキャッチして前へ進んでいるが、他のチームもしっかり研究をしてきているようで、普通ならよろよろと左右に振られるところを、かなり直線に近い形で前に進んでいた。

「マンスフィール！　マンスフィール！」

声援が飛ぶ中、ジャンの前を走っていた別の寮の走者がバランスを崩す。

「うわっ！」

セント・ピーター寮のチームのパンケーキがちぎれて半分地面に落ちた。だがまだ半分フライパンの上に乗っているので、セーフだ。失格の対象にはならない。

ジャンは、動揺して一瞬足を止めたセント・ピーター寮の選手の横をすり抜けるようにして追い越し、二位に浮上する。

「寮長！」

第二走者のアデルがジャンに向かって大きく両手を振った。ジャンはスピードを速めたくとも、パンケーキをひっくり返すタイミングも難しく、なかなか思うようにスピードを上げられないようだ。

ふらふらとパンケーキに翻弄されながらも、ジャンが必死で前を走る選手に食らいつく。

「頼むっ！」

ジャンはアデルにフライパンを渡すと、バランスを崩してコース外に転がった。一位を走るリネカー寮とわずか数秒の差でアデルは第二区間をスタートする。

「リネカー、リネカー、リッネッカー！」

「マンスフィール！　マンスフィール！」

各寮の寮生たちが、必死に自分たちの寮の選手を応援する中、絶妙なバランス感覚を保ちながら走る。

だが、走るスピードにパンケーキの落ちるスピードが追いつかず、次々とパンケーキがちぎれてフライパンから滑り落ちていった。

どんなひとかけらでもいいので、最後までパンケーキが残っていないと失格になるので、どのチームも、より慎重になる。

「うわぁぁ！」

とうとうゴーダス寮の走者のパンケーキが全部地面に落ちてしまった。そのまま地面に倒れ伏す選手に、拍手やら笑い声やら様々な反応が贈られる。

この競技が他の競技と違って、どこかほっこりするのは、こういった反応のせいかもしれない。笑い声が絶えないのだ。選手も応援する側も、皆、失敗しても笑顔で健闘を称え合うのが、このレースの一番のいいところのような気がする。

奏は失格したゴーダス寮の選手とその寮生たちの笑い声を聞きながら、つい笑みを浮かべてしまった。だが、その様子をずっと見ているわけにはいかない。すぐに気を引き締めて他の四人の選手を目で追った。マンスフィール寮の第二走者、アデルは二番手のままである。

「焦るな！」

「速度を上げろっ！」

チームによっていろんな指示が飛んでいた。

第三走者になると、どのチームもフライパンからパンケーキの一部がちぎれて落ちてしまっており、その大きさも半分以下になってきていた。そんな中でもマンスフィール寮のチームは順当に、第四走者へとフライパンをパスする。

刻々と奏の番が近づいてくる。パンケーキ・レースに出るのは今回で三回目だ。なかなかコツは摑めないが、どんなパンケーキがフライパンの上に乗っていようが、アンカーとして、それ以上小さくならないように慎重にゴールまで運ぶつもりだ。

「奏、はいっ！」

第四走者からフライパンを渡される。フライパンの中のパンケーキを見ると、予想以上に小さくなっていた。

ゴールまで届けるしかない――――。

すぐ目の前には、一位通過、リネカー寮の選手の背中が見える。奏はその背中を追った。

「リネカー、リネカー！」

「副寮長、ガンバレっ！」

ゴール近くではリネカー寮とマンスフィール寮の応援合戦になっていた。一部の生徒は楽しそうに肩を組んで、それぞれの寮歌を斉唱し、張り合っている。

奏の持つフライパンの上で、パンケーキがひらひらと舞い踊った。

「奏！　もっと高く上げないと、点が取れないぞ！」

ヒューズの声がいきなり耳に届き、はっとする。パンケーキがこれ以上崩れないように気をつけすぎたため、低い位置でパンケーキをひっくり返していたようだ。

奏は改めて気を引き締めて、パンケーキをポンと高く飛ばす。すると気持ちが落ち着いてきた。どうやら自分も知らないうちに焦っていたのだと気づいた。

だがそれは先頭を行く選手も同じで、気の焦りかふらふらとしている。あちらの選手のフライパンの上のパンケーキは、こちらよりもずっと小さく、もう端切れと言ってもいいほどのもので、そのせいで高く飛ばせないようだった。

「追い抜かせっ！」

胸がドキドキしてくる。緊張しているのだろうか。一位の選手の背中がどんどん近づいてきて、とうとう並んだ。

「奏様～っ！」

「ギルティアッ！　抜かされるなぁっ！」

その時だった。リネカー寮の選手が小さい声を上げた。上に飛ばしたパンケーキが、フライパンから落ちそうになったのだ。周囲で競技を見ていた生徒からも、大きな声が出た。

「わぁっ！」

「っ！」

絶妙なバランスで、どうにかパンケーキをフライパンで受け止める。だが、奏はその間に相手を抜き去った。

「行っけぇっ、マンスフィール寮っ！」

胸の動悸《どうき》が酷《ひど》くなった気がする。少しふわふわと眩暈《めまい》もした。だが声援のお陰で、奮い立つ。ゴールは目の前だ。

「くっ！」

歯を食いしばって、ゴールのテープに飛び込むようにして走り込んだ。

「ゴールッ！」

「うわぁぁぁっ！」

「やった、一位だ！」

「副寮長っ！」

マンスフィール寮の寮生たちが一斉に駆け寄って奏を抱き締めた。手に持っているフライパンの上には、まだ四分の一ほどのパンケーキが残っていた。

よかった……。

「……点数は？」

「まだです。もうすぐ出ると思います」

十人の審査員の点数を待つ。各区間に審査員が二人ずつ配され、それぞれの走者の速さ、高さ、パンケーキの形の美しさを各五点満点で評価するのだ。そしてその総合計がそのチームのポイントとして入るのだ。

するとと生徒らのどよめきが聞こえてきた。

「六十八点！　今のところの、最高ポイントだ！」

その声に奏も得点ボードに目を遣った。第五走者のポイントは『十五』になっており、満点であった。

ヒューズの声援のお陰だ……。

あの時、緊張してパンケーキの高さが低いことに気づかず、ゴールまで走ったら、この成績はなかっただろう。

「奏様！　さすがです！」

「アンカーを副寮長にしたのは、いい作戦でしたね！」

マンスフィール寮の皆が奏の周囲に集まる。

「これでマンスフィール寮の総合優勝に、少しは貢献できるかも……」

「少しばかりじゃないですよ、副寮長！　今年のパンケーキ・レースは我が寮が一位を獲得しますよ！」

頼もしい言葉に奏が笑顔で応えると、皆が嬉しそうに称え合った。あとは二学年生と三学年生のレース次第だ。

やっと一位が獲れる……。

これでMVPポイントを増やせると安堵したところ、またもや変な動悸がした。

あれ？　もうレースが終わったのに、まだドキドキしている……。

心臓の辺りを手で押さえてみる。少しも変わったところはなさそうだった。だが、

「奏っ！」

ヒューズが血相を変えてこちらへ走ってきた。どうしたんだろうと、首を傾げた途端、
息苦しさが襲ってきた。

「えっ……あっ……」

「奏、これを着ろっ」

ヒューズが高そうなコートを奏の体操着の上から被せた。意味がわからない。

「ぼ……僕、どうした……ですか？　なんか……躰が……」

「発情し始めている」

「え……は、つじょう？　何を言って……るん……で……すか？」

「辛いだろう？　奏、今、すぐに救護室へ行こう」

ヒューズはそう言うと、奏を抱き上げた。

「発情って……」

奏の酸素が足りないような、ぼうっとした頭の中で警鐘が鳴り始めている。

「ジャン、私は奏を救護室へ連れていく。後は頼んだぞ」

「はい、奏をお願いします！」

どうして——。

自分の置かれた立場がだんだんと理解できてくる。
どうして、僕が――――!
悲鳴にも似た声にならない声が奏の唇から零れ落ちる。
「大丈夫だ、奏。私がついている」
どうして――――!
その日、奏はオメガへと覚醒した。

◆
Ⅶ
◆

パンケーキ・レースが終わり、二週間余り経った日曜日、奏はオメガ専用の待機寮、アルテミス寮から普段のマンスフィール寮へと戻ってきた。

「マスター、他に何か手伝うことはありませんか？」

ファグの御井所も心配そうに尋ねてくれる。奏がオメガになったことで相当ショックを受けているのを、彼も感じ取っているようだ。

「ありがとう、御井所。大丈夫だよ。もう発情期も終わったからいつも通りだ。今日は日曜日だから、君もゆっくりしなさい。明日からまたよろしく頼むよ」

本来なら休みである日曜日なのに、御井所は進んで奏の荷物の片づけを手伝ってくれたのだ。

「わかりました。でも、もし何かありましたら言ってください。曜日は関係ありません。日曜日でも休日でも、マスターは僕のマスターで、大切な人ですから」

御井所の優しさに思わず泣きそうになる。オメガに覚醒して、奏も相当心が弱っていたのが、そんなことでもわかる。

「御井所……ありがとう。迷惑をかけたね」

改めて礼を言うと、御井所は慌てたように首を横に振った。

「とんでもありません。では、これで僕は失礼します」

そして一礼し、そのまま奏の部屋から出ていった。部屋がすぐに静かになる。

奏は小さく息を吐くと、カウチに座った。住み慣れたマンスフィール寮に戻ってこられて、安堵するしかない。

エドモンド校はバースに関係なく、平等にオメガでも受け入れるという、前衛的な全寮制男子校である。それを可能にしているのは、発情期に入ったオメガのために専用の寮を整備し、そこで薬を併用しつつ適切な管理の許、オメガの教師によって授業が受けられるというシステムがあるからだ。

個人で多少の違いはあるが、発情期は三か月に一回、大体二週間前後あるとされている。オメガの生徒たちは、その期間を専用の寮、アルテミス寮で過ごしていた。

奏もパンケーキ・レースの日から、二週間程この寮に入り、昨日、養護教諭から退寮の許可を貰った。

だが、何もかも突然のことで、まだすべてを完全には受け入れることができない。

まず、奏には覚醒前の不調がほとんどなかった。あったとしたら、直前のレース中での動悸くらいだ。医者が言うには、少数派であるが、前兆なくオメガに覚醒する人間もいるそうで、奏はその類《たぐ》いらしかった。

そんなのは、奏にとったら、目が覚めたらオメガだった、くらいの理不尽さだ。

この二週間も、本当に自分がオメガなのか、今のこの発情期みたいな症状は、実は別の病気ではないか、そんなふうに疑うばかりの日々だった。そんな中、国が発行するオメガ認定の証書を手にした時、自分が本当にオメガになってしまったのだと思い知った。

「オメガ……か……」

恐れていたことが、とうとう現実となった。このまま見知らぬ相手と結婚しなければならない。

どうしたら――。

両親にはすでに学校から連絡が行っている。父も事業に投資してくれた男性に連絡をしているだろう。

ヒューズ――。

そっと人差し指に嵌ったリングを撫でた。シンプルでかなり細めのプラチナリングは、そんなに主張せず、奏の指にぴったりと嵌っている。アルテミス寮で不安で堪らなかった時、奏はずっとこのリングを撫でて、どうにか平静を保っていた。

『人差し指のリングはインデックスリングと言って、特に左手は目的に向かって前向きに進む力を与えてくれると言われている。君の悩みに、少しでも力になれたらいいかと思って、探してきた』

リングを撫でていると、ヒューズが傍にいてくれる感じがして、奏の不安が和らいだ。もうこの指輪は奏の躰の一部のようなものだった。一生手放せない大切な宝物である。

「ありがとう、ヒューズ……」

ヒューズと一緒にいたかった。できる限り一緒にいたかった。だが、もう他の人間と結婚が決まってしまった今、この関係を続けていくのは、ヒューズにも、そして結婚相手にも不義理である。

「っ……」

さようなら、ヒューズ――。

奏は溢れる涙で濡れる顔を、両手で隠した。

夕方、奏が明日の授業の予習をしていた時だった。控えめにノックがされる。

「御井所です。少しいいでしょうか?」

「ああ、いいよ。どうぞ」

返事をすると、御井所が遠慮がちに部屋へと入ってきた。

「どうした？」

「あの……ガルシアさんが、マスターがマンスフィール寮に戻られたことを、どこかでお聞きになったようで、今、エントランスまでいらっしゃっているんですが、どうしたらいいでしょう」

「ヒューズが？」

彼がどこで情報得たのかわからないが、元キングでシンパの多いあの男のことだ。彼なりの情報網が、まだこのエドモンド校に残っているのかもしれない。

会いたくない――。

今、会いたくない。

「悪い……けど……」

そう言いかけて、奏は自分を叱咤した。

逃げていては駄目だ――。

近いうちにきちんと言わなければならないことなら、今言ったほうがいい。それが今、ヒューズに示せる一番の誠意だ。

奏はもう一度言い直した。

「ありがとう。悪いけど、彼を面会室に案内してもらってもいいだろうか」

「面会室に、ですか？」

御井所が少しだけ目を見開いた。いつもならヒューズが寮に来た時は、この奏の部屋に呼ぶのだが、それがわざわざ面会室に部屋を変えたことに、御井所も違和感を抱いたのだろう。

「ああ、面会室に、だ。すぐに僕も行く」

「わかりました。では、ガルシアさんを面会室にお連れします」

「ありがとう、御井所。君がいてくれて助かったよ」

「マスター……」

本当だ。御井所がいなかったら、こんなに冷静に判断などできなかっただろう。彼の模範でありたいと願うことで、自分を律することができた。

「僕は、マスターの手助けは何もできていません。でもマスターが僕を必要としてくださるなら、とても光栄ですし嬉しいです」

御井所は奏の言ったことがよくわからない様子で戸惑っていたが、すぐに言われた通り、ヒューズを面会室に案内するため、部屋から出ていった。

奏はわざと心の拠《よ》り所であった指輪を外し、エントランス脇にある面会室へ入る。するとヒューズが立ち上がり、あっという間に奏を抱き締めてきた。

「奏、大丈夫そうでよかった……」

「ヒューズ……」

彼の声が少し震えているのがわかり、かなり心配をかけたのだと知る。

「もうすっかり発情期は抜けたようだな」

ヒューズはオメガのフェロモンに敏感とされるアルファなので、奏の状態がわかるようだ。

「ええ、その節は助けていただき、ありがとうございました。あなたがすぐに気づいて、救護室に連れていってくれたお陰で、僕は災難に遭わず済みました」

「奏、どうした？　他人行儀だな」

奏を抱き締める手を少しだけ緩め、ヒューズが顔を覗き込んでくる。奏は彼の美しいエメラルドグリーンの瞳をじっと見つめながら、震える思いを胸に閉じ込めた。もうここからは一世一代の演技をする。

「ヒューズ、もうこの関係をやめましょう」

「奏？」

彼の瞳がわずかに揺れるのも見逃さない。もう二度と、これほど近くの距離で彼の顔を見ることはできなくなるだろう。

そう思うと、ほんの一瞬一瞬の彼の表情さえ見逃したくなかった。

「念願の大学にも合格しましたし、もう家庭教師は必要ないと思います」

「大学でも遅れを取らないように、勉強を続けるという話だっただろう？」

クリスマス休暇明けに、二人で今後のことを話し合った時に、そう言いくるめられて、ヒューズとの関係をずるずると続けてしまったという経緯があった。今度はそんなことにならないよう、注意深く言葉を選ばないとならない。

「確かにそういう話もしましたが、僕はやっぱり、あなたの気持ちを受け入れられない。なら、もうここであなたと終わりにしたほうが、お互いのためではないでしょうか」

「その判断は、時期尚早だと思うが？　君はオメガに覚醒したばかりで、いろいろと混乱していて、物事をすっきり整理したい気持ちはわからないでもない。だが、私たちの関係をそこに入れてほしくはないし、大切な将来のことだ。こんな時期ではなく、落ち着いてからしっかりと考えてほしい」

奏はヒューズの言葉に首を横に振った。

「あなたも、何も知らない僕にいろいろ教える楽しみも得たと思いますし、僕も寮生の誰かと快楽を得るためにセックスをするというリスクを冒さずに済みました。お互いウィンウィンの関係で終わればいいじゃないですか？」

「奏、何を……」

「卒業するまで、まだ四か月ほどありますが、お互い、もう大人になりませんか？　僕はこのエドモンド校を卒業するに当たって、一歩、前へ進むつもりです。そこにあなたの居場所はありません」

奏は自分でそう口にして、自分で傷ついた。ヒューズになんて酷いことを言っているんだと、自分自身を責め立てる。だが、彼と別れるためには、彼に嫌われるためには、これくらい言わないと駄目なのだ。

嫌われる、彼に――。

考えるだけで、胸が張り裂けそうだった。だが、耐えないとならない。このまま彼と関係を続けたら、もっと彼に酷いことをしてしまう。彼を傷つけるのなら、自分が傷ついたほうが何倍もましだ。

彼のためなら、今だけでも冷酷になれる――。

「改めてお願いします。家庭教師の契約は今日をもって終了にしてください。今までありがとうございました」

「奏……」

ヒューズも突然のことに驚いたのだろう。固まったままだ。

ごめんなさい、ヒューズ。本当はあなたにパンケーキを渡したかったのに――。

世話になった人に渡すパンケーキを、恥ずかしくもあったが、面と向かってヒューズに渡すはずだった。それが、こんなことになるとは、あの時の奏は思いも寄らなかった。

運命は皮肉だ。オメガになっても一番愛するアルファとは結ばれないのだから――。

「では、僕は明日から通常の授業に戻るのに、いろいろ準備がしたいことがありますので、これで失礼します」

奏は言いたいことだけ告げると席を立った。ふとヒューズの顔が視界に入る。彼は至って冷静だった。どうやら別れを惜しんでいるのは奏だけなのかもしれない。

……そうだ、こんなうだうだした僕なんて、そろそろ見限られてもおかしくない。

泣いてしまいそうになった。だがそれでも気丈に笑みを浮かべる。どうせなら最後までヒューズをきちんと騙して別れたい。

「さようなら、ヒューズ。ありがとう」

奏はそのまま面会室を出た。

＊＊＊

ヒューズは奏が面会室から出ていくのを、そのまま見送るしかなかった。なぜなら、彼がとても辛そうで、今にも泣きそうな表情を零していたからだ。

どうしたんだ、奏――。

この一連の原因は、きっと奏のオメガ覚醒に関係しているに違いない。随分前から何かに悩んでいたのは知っていたが、それがこの覚醒と関係があるのだろう。

『お互いウィンウィンの関係で終わればいいじゃないですか？』

可哀想《かわいそう》なことを言わせてしまった。あんなに辛そうな顔をしていたのに、平気な振りをするとは……。奏は絶対に役者には向かない。嘘を言っていることが丸わかりだ。

それに、もう一つ、奏からの愛を感じたことがあった。

左手の人差し指だ。

そこにはリングは嵌っていなかったが、明らかに先ほどまでしていたのだろうと思われる、リングの痕《あと》がくっきりと残っていた。彼はリングの痕に気づいていないようだったが、あれはアルテミス寮に在寮中も、身に着けてくれていたに違いない。

奏――。

口では別れを告げられても、奏の愛がしっかりとヒューズには伝わってきていた。

一体、何が彼をあそこまで追い詰めているのだろうか。

奏の周辺で大きなトラブルがないことは、調査上、とうにわかっている。実家が傾きかけた時の支援にも問題がないはずだ。

すべてはヒューズが彼の実家に出資し、事業を立て直させている。

そう――、ヒューズは奏に内緒で彼の実家に出資していた。

奏が三学年生に上がる頃、彼の実家の事業が傾き、学校に在籍することが難しくなったことがあった。当時、ヒューズは大学院の二年生であったが、すでに投資で稼いでいて、一財産あったこともあり、奏の実家、サイモン子爵家の事業に出資したのだ。

そしてその条件に、嫡男をそのままエドモンド校へ通わせ、事業の再建を目指すように伝えた。エドモンド校を退学するようなことを、奏にさせたくなかったからだ。

ガルシア侯爵家自慢の有能な家令に手はずを整えさせ、ヒューズからの出資だとは子爵家からはわからないように、自分の名前が出ず、且《か》つ、経営実態のある会社を使った。そのため、未だ奏は、実家の事業の出資者がヒューズだとは気づいていない。

もし気づかれたら、奏はきっと一歩身を引いてしまうだろう。そしてヒューズに対して、出資者だからと、何かと気を遣うようになるのは目に見えていた。

彼の心の負担にはなりたくなかったし、そんな状況で、彼に愛の告白をしたくなかった。奏の性格から考えても、実家に出資していると耳にしたら、ヒューズのことを愛していなくとも、受け入れるような気がしたからだ。

それだけは避けたかった。一人のしがらみのない人間として奏と接したい。出資者だからと義務感で相手にされることだけは避けたかった。そのため、ヒューズが出資していることは、絶対奏には知られないようにしていた。

奏の実家はあれから業績も上向きになり、他から借金をしなくても済んでいるはずだ。それなのに、何が奏をそこまで追い詰めているのだろう。まったくわからなかった。

「……まいったな。愛する人の心はどうしても読めないままだ」

ヒューズも力なく席から立ち上がり、面会室から出ようとした。すると、そこに御井所が立っていた。

「ああ、由葵君。見送りはいいよ。君も今日は日曜日だ。ゆっくり休んでいなさい」

「……ガルシアさん」

御井所は何か言いたげに、見上げてきた。

「どうした？　何かあったのかい？」

すると御井所は顔を伏せ、そしてしばらくして、また顔を上げた。

「あの、差し出がましいかもしれませんが、どうしてもお伝えしたことが」

「由葵君？」

「マスターは、ガルシアさんのことを決して嫌ってはいません」

「知ってるよ、奏は私のことを愛してくれている。口では言ってくれないが、視線や、その態度で想いを伝えてくれているからな。奏自身は気づいていないようだが」

だから、彼が私を嫌うまでは、私からは彼を手放したりはしない――――。

「よかったです、マスターが誤解されていなくて」

その答えに御井所がほっと安堵のため息を零した。少し涙目だ。この少年は本当にマスターである奏を大切に思ってくれているのだとその表情からも伝わってくる。

「それを踏まえた上で、ガルシアさんにお伝えしたいことがあります。まずは、一つ謝ることがあります。僕はマスターの話を盗み聞きしてしまいました」

「ほう……」

思わずヒューズは双眸を細めた。すると御井所が申し訳なさそうに視線を伏せる。

「これに関しては、その後で告解し、主に許しを請いました。申し訳ありません」

ヒューズも慌てて弁明する。双眸を細めたのは御井所を非難するつもりではなく、奏がやはり隠し事をしていたことを確信したからだった。

「いや、責めているわけではないから、こちらこそ責めるような態度を示してすまない。それで、盗み聞きした内容が、何か奏の今の状態に関係しているのかい？」

「はい、実は以前、マスターはオメガに覚醒したら、見知らぬ方と結婚をしないとならないと、悩まれていました」

「え……」

初耳だ。そんな話、どの調査会社からの報告書にも上がってきていなかった。

「マスターのご実家の事業に出資していただいた方の条件が、マスターがオメガに覚醒したら、その方と結婚する……というものだったそうです」

「結婚、する……って。待て、奏の実家に出資した人物って……」

「そこまではわかりません。ただ、マスターはずっと悩んでいらっしゃいました」

「な……」

その出資者は誰だ？　私ではない。私はそんな条件を出していない――。

一瞬、目の前が真っ暗になった。だが同時に多くの疑問が脳裏を過る。その中でも一つ、どうしても引っかかることがあった。

なぜ、そんな重大なことが、どの調査会社も摑めなかったのか――？

イギリスでも有数の調査会社に依頼をしたにもかかわらず、だ。

だが、思い当たることもあった。

「っ……」

優秀な後輩の前で、紳士が口にしてはならない罵詈《ばり》雑言が出そうになったのを、理性で押しとどめる。

「ガルシアさん？」

急に黙ったヒューーズを訝《いぶか》しく思ったのか、御井所が心配そうに声をかけてきた。

「ああ、すまない、大丈夫だ。それよりも由葵君、有益な情報をありがとう。すぐに対処するよ。悪いが、しばらく奏を見ていてやってくれ」

「もちろんです。マスターはいつも僕のことを助けてくださいました。僕にできることがあるのなら、マスターの傍にいて、お手伝いをしたいです」

「ありがとう。頼もしいよ」

ヒューズは御井所に礼を言うと、急いで寮を出たのだった。

ヒューズはそのまま車に乗って、ロンドン市内にある実家のタウンハウスへと向かった。エドモンド校からは三十分ほどで到着するガルシア侯爵家のタウンハウスは、ちょっとした大邸宅である。ロンドン市内にもかかわらず、目を瞠《みは》るほどの大きな敷地に、どこかの博物館にも見える重厚で壮麗な屋敷が建ち、時々映画のロケなどにも使われている代物だ。

ヒューズは大きな門の前に車を停めると、車のライトをパッシングさせた。するとすぐに静かに門が開く。ヒューズは門を壊したい衝動に駆られながらも、車を屋敷の中へと進めた。屋敷のエントランスに車を横づけすると、フットマンが恭しくドアを開ける。ヒューズは車から降りて屋敷へと入った。

「お帰りなさいませ、ヒューズ様」

屋敷へ入った途端、エントランスロビーで初老の男が出迎える。その男の顔を見て、ヒューズは怒りを覚えた。

「ビルナード、お前は私の言いつけを破ったのか?」

「なんのことでございますか?」

ガルシア侯爵家の家令、ビルナードが、顔色一つ変えずに答える。この男は、長年ガルシア侯爵家に仕える上級使用人で、表情筋をどこかに置き忘れてきたのではないかと思われるほどの無表情な男であった。

「私の動きを父上に話したのだな」

はっきり告げても、ビルナードはまったく表情を変えず、ただヒューズを見つめているだけだ。

「ビルナード！」

「ヒューズ」

ビルナードに詰め寄ろうとした時だった。エントランスホールの大階段の上から声がした。見上げると、そこには父である当主、ガルシア侯爵が立っていた。

「父さん……」

「何を大声で騒いでいる。みっともないぞ、ヒューズ」

父の言葉に口を噤《つぐ》むしかない。父はヒューズとビルナードにちらりと視線を遣ると、ビルナードに声をかけた。

「ビルナード、下がっていい」

ビルナードはその声に頭を下げて去ろうとする。

「ビルナード、待て」

ヒューズが止めるも、ビルナードはヒューズに目礼し、そのまま屋敷の奥へと消えた。

エントランスには他にも数人の使用人がいるが、雇い主の会話は耳に入っても聞いていないことになっている。もしここで聞いた会話を、どこかで口にしようものなら、その使用人はこの屋敷どころか、二度と他の貴族の許でも働けなくなるので、皆、人形のように黙々と自分の仕事を全うしていた。

「ヒューズ、確かにビルナードを次期当主であるお前の片腕として使うよう、お前に預けてはある」

「父さん……」

「だが、忘れてはおるまい？　ビルナードの本来の主は、私であることを」

「っ……」

「来なさい、お前に話がある」

父が裏で腹黒侯爵と言われているのは知っている。ヒューズもまたその血を色濃く受け継いでいる自覚もあった。

「大切な話だ、ヒューズ」

そして、今、その腹黒侯爵としての父の顔が、ヒューズの目の前にあった。

◆ Ⅷ ◆

三月十七日、セント・パトリックスデイ。アイルランドでは祝祭日であるが、ここイギリス、イングランドでは祝日ではないものの、街中がテーマカラーの緑一色に染まり、フードから、はたまたビールまで緑色になるお祭りの日だ。

昼頃からロンドンの街でもパレードが催されるが、この時は意外と見物客も少なく、静かである。平日であるのも理由かもしれないが、終着点のトラファルガー広場まで行くと、大勢の人でごった返し、賑《にぎ》やかになる。そしてこの広場でコンサートが行われるのだ。

ロンドン市内でも、緑のビールを片手に祭り気分を味わう人々や、緑一色でコーディネイトする人など、皆がそれぞれセント・パトリックスデイを楽しんでいる。

エドモンド校では、一日、緑の何かを身に着けて過ごすというのが通例となっていた。そして寮のサロンではテーマティーなる、緑のティーパーティがささやかに行われる。

緑色の紅茶ということで、日本のグリーンティを使ったり、ケーキをすべて緑色に統一したり、部屋の飾りつけも緑色にするという、渾身《こんしん》のアフタヌーンティータイムだ。

その準備をするのが一学年生と二学年生なので、かなり大変である。だがその代わり、彼らにだけハウスマスターがかなり高価なプレゼントを用意し、寮のどこかに隠して探させるという、宝探しゲームも開催されていた。御井所も楽しそうに同級生と一緒に参加している。

他の学年はサロンでティータイムを楽しんだ後は、夕食まで個人指導や自習の時間である。奏も例外ではない。ただ、本当はあまりこの時間が好きではなかった。自分の部屋で勉強をしていると、どうしてもヒューズを思い出してしまう。だが、学習室へ出向いて、チューターに教えてもらうことも気が進まなかった。どこかで自分の家庭教師はヒューズだけだと思っているからかもしれない。

「部屋に戻って自習をしよう……」

ヒューズと別れてから一週間ほど経っていた。その間、数度ヒューズからメールがあったが、奏は無視している。メールを見てしまったら、また未練がぶり返し、ヒューズに心が引き寄せられてしまいそうだからだ。

もう別れると決めた。ここで引き返したら、また一から辛い思いをしないとならない。自分でそう言い聞かせ、メールを開かないようにしていた。

部屋に戻り、机に向かうと、すぐに異変に気づいた。

あれ？

机の上に置いておいたケースから、ヒューズに貰った指輪がなくなっている。

おかしい……。うっかりどこかに置き忘れてしまったんだろうか……？

奏は机の周囲を見渡した。だがどこにもない。

落とした？

床に跪き、あちこちを探す。だがどこにも見当たらない。焦る心を反映するかのように、心臓がどくどくと大きな音を立て始めた。

ヒューズから貰った指輪——！

それはとても大切なもので、今の奏を支える唯一のものだった。

『左手は目的に向かって前向きに進む力を与えてくれると言われている。君の悩みに、少しでも力になれたらいいかと思って、探してきた』

ヒューズが奏を宝物のように見つめ、この指に嵌めてくれた指輪だ。

あの指輪を失《な》くしたら、前を向いて強く生きていく自信がまだない——。

奏は必死で部屋中を捜し回った。制服のポケットなどもすべて確認する。

ないっ……。

授業の時は、人に何か言われるのも嫌だし、体育の授業などで失くしたら大変なので、いつも校舎へ行く時は指輪を外していた。それがあだとなったようだ。

そんな……。

この部屋に絶対あるはずだ。自分にそう言い聞かせ、焦る心を宥めた。そんな時だった。ドアがノックされ、下級生の声が聞こえる。

「副寮長、いいでしょうか」

奏は深呼吸をして心を落ち着かせた。下級生に無様な恰好を見せたくない。いつもの穏やかな表情を張りつけ、返事をした。

「どうぞ」

ドアの向こう側から、一学年生が三人現れた。御井所の姿はない。おかしいと思いながらも三人に声をかけた。

「どうした？　何かあったのかい？」

すると一人が動揺した様子で話し出す。

「あの……、御井所が外に呼び出されて……」

「外に呼び出される？　御井所が？　一体、誰がそんなことを？」

「ミーチンさんです」

ミーチン。以前、奏にキスシーンを見咎められたアデルのことだ。

「ミーチンって……二人に何かあったのか？」

「わかりません。御井所がミーチンさんに何かを言ったら、ミーチンさんが急に気色ばんで、御井所を外へ連れていったんです。僕たち、どうしたらいいかわからなくて、御井所のマスターでもある副寮長にお伝えしようと思って、来ました」
アデルは色恋沙汰では多少問題を起こすが、他は気さくで、明るい青年だ。人を苛《いじ》める
ような人間ではない。しかも年下相手には特に、だ。それに御井所が何かを言ったとのこ
とだが、御井所も人を悪く言う人間ではない。
二人に何があったんだ？
「わかった、今すぐに行く」
奏はすぐにコートを羽織ると、一学年生と一緒に部屋を出た。他の一学年生も慌ててコ
ートを持ってきて、四人で寮を出る。すると正面から青年がこちらに向かって走ってくる
のが目に入った。街灯に照らされた金の髪がきらきらと光っている。ヒューズのプラチナ
ブロンドとはまた違う金の色だった。
「……アークランド」
こちらに走ってきたのは、ベリオール寮の一学年生、アシュレイ・G・アークランドだ
った。彼もまた奏がいるのに気づいたようで、声を上げる。
「サイモンさん、早くラグビー場の観客席に来てください」
「え？　アークランド、どうしたんだ？」
「御井所が危険です！　私では止められません」
「え!?」

その声に奏は、一学年生と共に反射的に走り出した。

三月半ば過ぎ、ロンドンの日没は十八時くらいだ。すでに十九時に近い時間になり、薄暗くなった校内を、奏は皆と走った。

「アークランド、君はどうして御井所の居場所を?」

あまりにもタイミングよく現れた彼に、少しだけ不信感を持ち、尋ねてみた。案の定、彼は少しだけバツの悪そうな顔をした。

「どうした?　言えないのか?」

「……ガルシアさんには内緒にしていただけませんか?」

突然ヒューズの名前が出てきて、息が止まりそうになったが、辛うじて『ああ』と返事をした。

「由葵に……御井所に人をつけていました。あの……誰かに何かされたらいけないと思って、心配で……」

「は?」

アークランドが御井所に気があるのは気づいていたが、そんなことをしていたのかと、呆れてしまう。だが、その過保護な行動が、今、御井所の危機を救おうとしているのだから、文句も言えなかった。

「どうして、それをガルシアに内緒なんだ？」

「……ガルシアさんに、御井所にかかわるなと釘を刺されていたので」

「え……」

いつの間に、と思ったが、ヒューズがいかに細やかに多くのことを見ていたかが、窺《うかが》い知れる。

「観客席のBの十列、二十番辺りにいます。あと、私はここまでにしておきます」

そう言ってアークランドは足を止めた。

「アークランド？」

「私がサイモンさんに連絡をしたことが御井所に知られると、また彼の私に対する印象が悪くなりますから……その……申し訳ないのですが、私のことは黙っていていただけませんか？」

あの、いつも一学年生とは思えないほど堂々としているアークランドが、弱気でそんなことを言うのを目にして、奏は驚いてしまった。二人の関係はよくわからないが、どうも一学年生で一番の優等生と言われているアークランドでも、御井所には敵わないようだ。

「わかった。御井所には内緒にしておくよ。ありがとう、アークランド。後は任せてくれ。あと君たちも、寮に戻っていなさい」

「え！」

奏と一緒にここまで来た一学年生たちが揃って声を上げる。最後まで一緒についてきたいようだが、本当にアデルが何かしていたら、そのことをこの下級生たちに見せたくなかった。また見せないことで、アデルを救うことができるかもしれない。

「すまない。必ず御井所は連れて帰るから」

「副寮長……わかりました。では、僕たちはここで待ちます。それならいいですか？」

「君たち……」

彼らもかなり心配しているのだ。御井所がアデルに連れ出された時、どんな思いで奏のところへやってきたかと思うと、アデルのことだけでなく、彼らの思いも尊重してやりたくなった。

「……わかった、もし危ないと感じたら、すぐに寮へ戻るんだよ。いいね」

「はい」

奏はその返事を聞くと、そのままラグビー場の観客席へと足早に進む。

Bの十列、二十番辺り――。

偶然かもしれないが、それは先日、奏がフィフティーン・ドミトリーズでヒューズと二人で座っていた場所だった。

なんだろう……。この座席、偶然だと思うけど、何か引っかかる……。

そう思いながらもその場所まで歩くと、奏がアデルに近づく前に、アデルがこちらに気づき、振り向いた。

「僕に気づかれたくないのなら、もう少し静かに来ないと駄目だよ、奏」

「アデル……」

アデルが笑みを浮かべて観客席で立っていた。隣には御井所もいる。ラグビー場にはライト一つついておらず、月明かりだけの明るさだ。

「アデル、御井所をこんなところへ連れ出して、どうしたんだ？　皆に誤解を与えるような行動をしたら駄目だろう？」

アデルの様子を見ながら、奏はゆっくりと彼らに近づいた。すると暗い視界に慣れてきたせいか、御井所の顔が月明かりではっきりと見えた。彼の頰が赤く腫《は》れているのがわかる。

「御井所！　その顔、どうしたんだ？　アデル、御井所に何かしたのか？」

その質問に御井所が口を噤む。頰を叩かれてもまだアデルに気を遣っているのかわからないが、どちらにしてもアデルの上級生としての態度には問題があった。

「アデル」

もう一度、彼の名前を呼ぶと、アデルが小さく笑った。

「御井所、マスターに正直に言ってもいいよ。僕が奏の指輪を盗んだってね。そして君はそれを見てしまって、僕に注意をしたら、ここへ連れてこられたって、マスターに言ったらどうだい？」

　驚くべき内容に奏は固まった。指輪のことは、御井所は気づいていたかもしれないが、彼以外、誰も知らないと思っていたから余計だ。

「アデル……」

「奏はいいよね、あんなイケメンで大貴族の彼氏がいてさ。僕は何度恋をしても、いつも遊ばれて捨てられる。指輪？　羨ましいよ。反吐《へど》が出るくらいにね」

　見たことがないほど冷たい目で語られる。

「フィフティーン・ドミトリーズの、ちょうどここの席で、指輪を贈られたんだろう？　知ってるよ。でもそれを友人の僕に隠しているなんて、少し水くさいんじゃないかな？」

　やはりアデルがこの場所にいたのは意図があったようだ。

「いや……ヒューズと僕はそんな関係じゃないし……。指輪だって僕の悩みを慮《おもんぱか》ってのものだ。だから返してくれないか？　アデルが思っているようなものじゃない」

「ふぅん、いつも飄々《ひょうひょう》としている奏にしては、指輪一つに焦ってるね。そんなにこの指輪が大事なんだ」

「……大事だよ」

　大事だ。ヒューズの優しさがたくさん詰まった大切な指輪だ。

「それに、アデル。僕とヒューズはもう何も関係ない。家庭教師も終了した。だから君は何か誤解をしている」

「誤解……？　奏とガルシアさんが別れたことも知ってるさ」

「どうして知ってるんだ？」

「面会室で話していただろう？　ドアに耳を寄せれば会話なんて聞こえる」

「アデル……それは紳士がすることではないよ」

「はっ、僕は紳士じゃないからね。僕にマンスフィール寮のプッシーという呼び名があって、奏、知ってた？」

知らなかった――。

思わず声を失うと、アデルがそれ見たことかと、小さく笑った。

「ああ、でも本当は別れるつもりはないんだろう？　ああやってガルシアさんの心を揺さぶって、自分にもっと執着するよう仕向けているんだよね？　君は計算高いから」

「そんなことはしていない」

反論しても、アデルは自分の意見がさも正しいとでも言うように笑みを深くした。

「奏、本当に君が憎たらしいよ。友人として好きだったけど、憎しみも同じだけあった。君にはいつも誰かが手を差し伸べてくれていた。僕には誰もいないのに。君の実家が傾いた時だって、さっさと学校を辞めればよかったのに、それも事業の立て直しができたとかで、そのまま学校にいるし」

アデルがそんなふうに思っていたなんて、まったく気づかなかった。

「君は清廉潔白な顔をして、僕よりずっと淫乱で、ガルシアさんとセックスばかりしていたくせに、皆を騙して、副寮長の座まで手に入れた。どうして嘘つきな君なのに、いろんなものが手に入るの？　皆を騙している酷い男なのに、どうしてガルシアさんに好かれるの？　意味わかんない」

「騙してなんかいない」

「ふん、この指輪だって、君に相応しくないよ。ガルシアさんも騙されたのかなぁ。こんなものを奏に贈って」

そう言って、アデルが手のひらを奏に差し出してきた。その上には奏の指輪が乗っている。

「返してくれ」

その指輪を取り戻そうと手を伸ばしたが、アデルがひょいと奏の手を避けた。そしてそのまま腕を上げる。

「っ！」

刹那、御井所がアデルの指輪を持つ手に飛びかかった。だがアデルに強く払いのけられ、御井所が地面に尻もちをつく。

「御井所っ！」

奏は御井所に駆け寄った。

「マスター」

「すまない、御井所。僕のために……」

奏は堪らなくなって御井所を抱き締め、そして背後にいるアデルに振り返った。

「アデル、見損なったぞ」

「別に奏に見損なわれても、痛くも痒《かゆ》くもないけど？」

アデルが思いっきり指輪を持っていた手を振り上げ、そして指輪をラグビー場のグラウンドへと放り投げた。

「あっ……」

月明かりに一瞬きらりと光った指輪は、すぐに消え、暗闇の中へと落ちていった。すぐにでも探しに行きたかったが、奏は自分の腕の中にいる御井所をぎゅっと抱き締めた。指輪よりも、この大切なファグを絶対守らなければならない。

「マスター、指輪を探しに行ってください……」

「気にしないでいい、御井所」

奏は御井所をゆっくりと立ち上がらせ、再びアデルと対峙《たいじ》した。

「アデル、御井所に謝るんだ。君は上級生として、卑劣極まりないことをした。謝って許されることではないが、まずは御井所に暴力を振るったことを謝るんだ」

「はっ、奏は、そうやってイイ子ぶるんだね。本当は淫乱な躰で、男を咥えないと生きていけないオメガなくせに。ベータの僕なんて、オメガに比べたら清楚《せいそ》なものさ」

「っ……」

酷いことを言われるが、奏は気持ちを強く持ち、立ち向かった。

「アデル、僕がここに来ていることは、複数の人間が知っている。君が御井所を外に連れ出したこともだ。もう観念して、僕と一緒に寮に戻るんだ。そこでジャンを含めて、改めて話し合おう」

「話し合えるかな？」

アデルがくすくす笑ってそんなことを言った。

「僕のフレンドたちが、オメガになった奏と仲良くしたいって、言ってるんだよね。あのガルシアさんを夢中にさせた躰に興味津々なんだって。妬《や》けちゃうな。さてと……今から奏と、ついでに御井所にも遊んでもらおうかな」

「何を言っている、アデル」

「ここで起きたこと、ジャンにきちんと話せるといいね」

アデルの双眸が俄《にわ》かに細められる。とても正気だとは思えなかった。

「みんなぁ、奏と御井所が一緒に遊んでくれるって」

間延びした声でアデルが奏から視線を外さないまま、闇夜の中にいるだろう誰かに話しかけた。どこかからアデルの仲間が出てくるのかと、奏も御井所も身構えた。だが――。

「君のお仲間は、先ほど用事があると言って、帰ったぞ」

暗闇から現れたのは、ヒューズだった。

「っ、ガルシアさんっ！」

突然のヒューズの登場に驚いたのは、奏だけではなく、アデルも同じだったらしい。傍目にもわかるほど動揺していた。

「ミーチン、君の処分は寮長に任せる。寮長、いいかな」

「はい、私のほうで対処いたします」

するとヒューズの後ろからジャンまでが現れた。さらにジャンの後ろには御井所の同級生もいる。

「どうして……」

アデルが震えながら後退《あとずさ》る。そのまま踵を返して逃げようとするも、ジャンがいち早くアデルの腕を掴んだ。

「アデル、ったく、何をやってるんだ！」

アデルは涙声でかぶりを振った。

「だから嫌なんだ。皆が奏ばかりを気にして助けようとする。今だって僕が悪者で、皆が奏の味方なんだろうっ」

「何を甘えたことを言ってるんだ！　この状況、君が圧倒的に悪いだろうが！　アデル、君はこの上もなく莫迦なことをしでかしたんだぞ、反省しろっ、ったく！」

「ジャン……」

珍しくジャンが真面目《まじめ》な声で怒鳴ったので、アデルも面を食らったようだ。すぐに黙る。

ジャンはそのまま一学年生に指示を出した。

「君たちは、御井所を救護室へ連れていってくれ」

「はい」

三人がパタパタと御井所のところまで駆け寄る。御井所もほっとした表情で、皆と抱き合った。

「大丈夫だったか？　御井所」

「御井所、本当に君は見た目に寄らず、無鉄砲すぎるよ」

「ごめん、みんな……」

四人はひとしきり抱き合う。それを見ていた奏も安堵した。

「御井所、ありがとう。早く救護室でその頬を見てもらうんだよ」

「はい。マスター」

御井所の目が少し赤くなっていたのを見て、彼がどれだけ恐怖を我慢していたか、改めて知り、奏も泣きそうになった。

「――それと、怖い思いをさせて、本当にすまない」

「いいえ、僕は大丈夫です」

御井所はそう言って小さく頭を下げると、同級生と一緒にラグビー場から去っていった。

ジャンも奏と一緒に御井所たちの背中を見送り、ぽつりと呟く。

「御井所は肝が据わっているな。もしかして、本当に寮長になるかもしれないな」

「ああ、彼にはなってほしい」

そう答えると、ジャンがにこりと笑う。そしてガルシアに向き直った。

「さてと、奏はガルシアさんにお任せます。かまいませんね？　ガルシアさん」

「ああ、かまわない」

「な……ジャン、私は……」

ジャンに抗議をしようと口を開いたが、ジャンにぴしゃりと言い返されてしまう。

「奏、いいか。今回は君にも非がある。君がガルシアさんと仲がいいと皆に公認されているのに、変に隠そうとしたり、誰が聞いているかわからない面会室で別れ話をしたりで、寮内の一部の生徒は、もやもやしているんだ。こいつ、アデルもその一人で、君に挑発されたと言っても過言ではないからな。ったく、奏もガルシアさんのことになると、周りが見えなさすぎるぞ」

「ジャン……」

　思いも寄らなかったことを指摘され、奏は呆然《ぼうぜん》とした。自分が周囲に気づかれるほど、あからさまに恋に溺れていたことを恥ずかしく思うと同時に、自分の至らなさを知った。

「すまなかった……」

　素直に謝罪を口にすると、ジャンが小さく息を吐いて肩の力を抜き、言葉を続ける。

「奏、この際だから言っておくな。君は他の生徒と違って目立つんだ。他の生徒が同じことをしても、もしかしたらここまでの騒ぎにはならなかったかもしれない。だが、『陽だまりの君』と呼ばれていることを忘れるな。二つ名を持つということは、それだけ多くの生徒が君に憧れ、注目しているということだ。……まあ、奏にそういうことを気づかせなかったガルシアさんにも、問題があると思いますけどね」

　ジャンはそう言って、今度はちらりとヒューズに視線を遣った。すると、ヒューズが降参といったふうに両手を肩まで上げて、冗談っぽく答える。

「気をつけよう、マンスフィール寮長殿」

「はぁ……、ガルシアさんに、私はなんてことを言ってるんだ。私が卒業後、不遇な目に遭ったら、奏のせいだからな」

「どうして僕のせいなんだ」

　と、奏は言いつつも、確かにガルシア侯爵家の人間に楯突《たて》いたりしたら、何かされるかもと心の中で思ったりもした。するとヒューズが笑って、肯定でも否定でもない返答をする。

「大丈夫だ。君は奏の友人だ。友人である限り、不遇な目には遭わないと思うよ」

「頼みますよ、ほんと、怖いですから。さて、じゃあ寮に戻るか。アデル、行くぞ」

アデルを連れて去ろうとするジャンに、奏は声を上げた。

「ジャン、アデルのことを寮長の権限で片づけてくれないか。ハウスマスターの耳に入ると、ことが大きくなる」

「奏……」

アデルが奏に振り向いた。奏が自分を庇《かば》うなんて信じられないという顔だ。

「ああ、わかっている。大体、アデル、卒業まであとわずかだというのに、こんな莫迦なことで退学になるつもりか？　とりあえずハウスマスターの耳には入れないが、御井所には全身全霊で謝れ。あと奏にもな。ただ寮長の権限として君には反省室に入ってもらう。わかったな」

「……ん……っ……」

退学になるとでも思っていたのか、アデルが涙を浮かべて躰を震わせた。ジャンもそんなアデルを見て、大きく溜息をついた。

「ということで、これでいいか？　副寮長」

ジャンが今の判断の確認をしてくる。

「ああ、いいと思う」

「じゃあ、行くぞ、アデル」

ジャンはそう言うと、奏とヒューズを置いて、アデルを引っ張って去っていった。

ヒューズと二人、観客席に残される。心の準備もあったものではなく、逃げたくなる気持ちを抑えるだけで必死だ。するとヒューズが少し抑えた声で話しかけてきた。

「つい先日、ここで君とフィフティーン・ドミトリーズの試合を観たばかりなのに、随分と昔のような気がするよ」

「ヒューズ……」

笑っているのに、どこか寂しげに見える。

「どうして、ここに……」

そう言うのが精いっぱいだ。彼とは別れたはずであるし、しかもこんなラグビー場でばったりと会うなんて偶然でもあり得ない。

じっとヒューズの懐かしいエメラルドグリーンの瞳を見つめていると、いきなり横から声がした。

「ガルシアさん、指輪、ありました」

「ああ、ありがとう、アークランド君」

「アークランド?」

もう帰ったと思っていたアークランドが突然、しかも先ほどアデルがグラウンドに放り投げた指輪を手にして現れた。

「すぐに見つかったかい?」

「ええ、このGPS、凄いですね。数センチ単位でわかるんですね」

「ああ、特別仕様だからな。アークランド君、いろいろとありがとう。この礼はまたさせてもらうよ」

「いえ、大したことはありませんから。では、これで失礼します」

気を遣ってか、アークランドは手短に答えると、すぐに帰っていってしまった。

わけがわからない。

奏が困惑してヒューズを見つめると、彼がゆっくりと近づいてきて、奏の片手をそっと掴み上げた。そしてアークランドから受け取った指輪を奏の人差し指に嵌める。

「もう盗まれたりしてはいけないよ、奏」

「ヒューズ……。どうしてこの指輪を……」

「アークランドが探してくれたようだ」

「探してくれたって……この暗闇でグラウンドのどこへ落ちたかわからないものを、探してくるなんて、大変じゃないですか」

「……あぁ、その……そうだな。奏、怒らないで聞いてくれるか？」

「……怒るようなことをしたのですか？」

「さあ、わからないな」

埒が明かないので、奏は仕方なくヒューズに了承した。

「わかりました。怒らないですから、教えてください」

「フッ……言質《げんち》を取ったから、怒るなよ。実はこの指輪にGPS機能をつけていた」

「GPS機能？」

そういえば、先ほどアークランドが、GPSが凄いとかなんとか言っていた。奏は自分に嵌められた指輪とヒューズを何回か交互に見る。

「ああ、君の居場所をチェックしていたんだが——」

「チェック⁉」

声を上げたら、ヒューズはバツが悪そうに苦笑して言葉を続けた。

「まあ、怒らないで聞いてくれ。それで、授業も終わったはずの時間帯に、奏が寮から出たことがわかって、しかもラグビー場でずっと動かない。何かあったに違いないと思って、エドモンド校まで来たんだ」

「オックスフォードからですか⁉」

「いや、君が心配で、何かあったらすぐに行かなければと、ずっとロンドンのいつものホテルに滞在していた」

「あなたは何を……」

「それでエドモンド校までやってきて、アークランド君に連絡を取ったら、このことを教えてくれたんだ。それで、ついでに指輪も探してもらった」

「探してもらったって……。いくらGPS機能がついているからって、この広いグラウンドで指輪を探すのは大変ですよ」

「ああ、まあ、数センチ単位で位置情報がわかる軍事用のものを搭載しているから、すぐに見つかるんだ」

は？　軍事用？

そういえば寮から出たということまでわかるほどのものだ。かなりの精密さだ。

「そ、そんなものを……僕につけていたんですか？」

悩みに少しでも力になれたらと渡された指輪に、実はとんでもないオマケがついていたとは思ってもいなかった。

「賭けだったよ。君が指輪を処分してしまうかもしれないしね」

「そんな……」

「君が本当に私のことを嫌いなら、指輪を始末してしまうだろうと思っていた。だが、君は捨てるどころか、大切に身に着けてくれていた。そんなことをされたら、男はみんな自《うぬ》惚《ぼ》れてしまうよ」

どうやらヒューズには、奏が指輪を肌身離さずつけていたことがばれていたようだった。

恥ずかしい――っ。

別れると言いながら、めちゃくちゃヒューズが好きだというのが、彼にわかってしまう。

奏の顔が真っ赤に染まった。

「あ、あなた、僕に内緒で酷いですっ」

「怒らないと約束したじゃないか？」

「それとこれとは別です」

「もし別だとしても、奏が私のことを嫌っているんじゃないとわかって、私は嬉しかったよ」

「あ、あなた……」

ヒューズの笑みを見ることができなくて、奏は視線を外した。

「君に振られても、未練がましい男なんだ。みっともないだろう？」

「あなた、もっとスマートに別れられる人かと思っていました」

「私自身もそう思っていたよ。奏に別れを告げられるまではね。でも駄目だった。君がいないと君のことばかり考えてしまう」

ヒューズの言葉に、熱い思いが奏の胸に込み上げてきた。

「……あなたは本当に人誑しですね。どんなに駄目だってわかっていても、あなたに誑かされてしまう僕は、一体どうしたらいいんですか？　本当に駄目なのに……」

「どうして駄目なんだ？」

ヒューズがそっと寄り添ってくる。彼の体温を感じ、心が安らいでしまう。こんなことではいけないのに。

奏は自分の未練を断ち切るために、本当のことを口にした。これで自分の恋心にも終止符が打てる。

「……あなたには黙っていましたが、僕には結婚相手が決まっています」

「それは君の実家に投資したという男の話か？」

すでにヒューズの耳にも届いているのかと、驚いてしまった。さすがは彼の情報網だとしか言いようがない。奏の隠し事など、彼には筒抜けなのだろう。

「……そこまで調べているんですね。ええ、そうです。幻滅したでしょう？　結婚相手がいるのに、あなたと……あんなこと……をして……」

「奏、その男とは、私のことだ」

「え……」

一瞬、頭が真っ白になり、彼の顔を見上げた。そこには眉間に皺《しわ》を寄せ、苦しげな表情をしたヒューズがいた。

「これについて、私は君に謝らなければならない」

「ど、どういうことですか？　あなたが投資をした？　僕の実家に？」

「ここは寒い。きちんと話せる場所に行かないか？　必ず日付が変わる前に、君を寮に送り届ける。だから一緒に来て、話を聞いてくれないか？　奏」

彼が手を差し伸べてくる。奏は躊躇《ちゅうちょ》しながらも彼の手を取った。


あれから御井所の様子を見に戻り、怪我《けが》の様子が軽かったことを確認してから、奏はヒューズの定宿、テムズ川の畔《ほとり》に聳《そび》えるホテルのスイートルームに来ていた。

いつもならすぐにベッドに連れ込まれるのに、今日は椅子に座って、ヒューズと向かい合っていた。テーブルの上にはルームサービスで取った紅茶が置かれている。躰が冷えているだろうとヒューズが奏のために注文してくれたのだ。

「まず、何から君に話したらいいだろうか……」

ヒューズが珍しく当惑を隠しきれない様子で、そんなことを口にした。

「あなたがそんなふうに焦っている姿を、初めて見たような気がします」

「君の前ではただの恋する男だよ」

「そんなふうには見えません」

「君にかっこよく見られたいと思って必死だからな」

そんなことを真正面から言われて、だいぶヒューズの色香に慣れた奏でも、顔が熱くなる。

「う……そういうところが、誑しなんです、あなたは」

「そうかもしれないな。だが私が全力で誑すのは、後にも先にも、君だけだよ、奏」

テーブルの上に出していた手を握られたかと思うと、手の甲にしっとりと唇を寄せられた。

「私が君に内緒にしていたことから話そう」

「はい」

「私が、君の実家の事業が傾いたと聞いて、投資をすることにしたのは、先ほど話したね」

ここへ向かう途中の車の中で、ヒューズが大学生の時から投資で儲《もう》けていて、一財産を築き上げていたことを聞いていた。その財産には父親のガルシア侯爵でも干渉できないようになっていて、ヒューズが自由に使える財産であるとのことだった。

「君に出資を秘密にしていたのは、そのことで君に気を遣わせたくなかったんだ。いや、私が気を遣われたくなかったんだ」

「あなた、人がよすぎますよ」

「違うな、変なプライドがあったんだ。君のことを愛しているから、出資したことで君を手に入れようとしていると思われたくなかったんだ。真っ向から君に体当たりして、君の愛を勝ち取りたかった」

「あなたに本気で挑まれたら、拒める人はいないですよ、僕を含めて」

「本当にそうであるなら、これほど嬉しいことはない」

ヒューズが奏の手をきゅっと軽く握った。彼の美しいグリーンの瞳に見据えられ、奏は恥ずかしくなり、逃げるようにして話題を元に戻す。

「でも、やっぱり投資をしてくれていたことを教えてほしかったです。そうしたら、僕はオメガになったら他の人と結婚しなければならないなんて、悩むことはありませんでしたから……」

「それについてだが、結婚が条件に盛り込んであったことは、実は私も知らなかった」

「え……どういうことですか？」

その質問に、ヒューズの表情が忌々しそうに歪《ゆが》んだ。

「父だ」

「父って……ガルシア侯爵ですか？」

イギリスの重鎮の一人である、大物の名前が出てきて、奏も少し緊張する。

「ああ、普段、父は放任主義で、私に家令をあてがい、好き勝手しているんだが、この件

について だけは裏で手を回していたようだ」

「え……」

奏は改めてヒューズの顔を見つめた。

＊＊＊

あの日、実家のタウンハウスで父に呼ばれたヒューズは、父の思惑を知ることとなる。シガールームで父と二人、向かい合って座ると、父は愛用の葉巻に火をつけた。ヒューズにも勧めてきたが、葉巻を吸う気分にもなれず断った。

父はそのままひとしきり葉巻を吸うが、いつまでも本題に入ろうとしない父にヒューズは焦《じ》れて口火を切った。

「父さん、今回の私の出資の件、裏から手を回されたのですね」

その声に父がちらりと視線をこちらに向けた。

「せっかちだな。そんな様子だと周囲から軽んじられるぞ」

「普段はしませんよ。父さんだから単刀直入に尋ねたのです。それにそのような言い方から察して、私が思った通りのようですね。あなたの仕業にどれだけ奏が傷ついたと思うんですか」

「おや？　私が悪者のような言い方だな。発端はお前が安易にビルナードを使ったからだろう？　自分の甘さを認識しろ」

「まさか家令に裏切られるとは思っていませんでしたからね」

「当主は私だ。そこを忘れるな」

「こんな時にそれを主張するとは、食えない父親ですね」

そう言ってやると、父が鼻で笑って、そしてまた黙って葉巻を吸い始める。こんな父と長時間はつき合っていられない。ヒューズは早く話を終わらせようと言葉を続けた。

「それで、奏の結婚相手というのは、私のことだと思ってもいいのですね」

「ああ、お前がいつまでもぐずぐずしているから、手を貸してやったんだ。感謝しなさい。もとから金を貸す条件に結婚を盛り込めば、お前も万々歳であろう？」

「ただし、奏がオメガになったら、という条件でしたけどね。他のバースに覚醒したら、私と別れさせるおつもりだったのでしょう？」

「どうだろうな」

「父さんが善意で私に手を貸すとは思えませんね。ガルシア侯爵家の利益にならないものは不要でしょうから」

「ほぅ、実の父親になんということを言うんだ？」

憤慨した様子もなく楽しそうに返してきた。こういうところが食えないのだ。腹黒侯爵と言われる父の底意地の悪さが見え隠れする。

「ですが、その通りですよね」

「お前がサイモン子爵家の息子に熱を入れ上げているのは、以前から耳に入っていた。我が息子ながら執念深さも筋金入りだと感心していたさ」

「お褒めいただき、ありがとうございます。私にもあなたの血が流れていますからね。似ているところはたくさんありますでしょう」

「生意気なことを。まあ、いい。サイモン子爵家は爵位こそ低いが、長い歴史を持つ由緒正しい家柄だ。それに過去五十年を遡《さかのぼ》っても、オメガを何人か輩出している」

サイモン家の家系までチェックしている父に呆れる。息子の相手に余程オメガが欲しいようだ。

「オメガの伴侶なら子爵家でも申し分ない。他のバースなら我が家と子爵家では格が違いすぎて、話にならないがな」

由緒正しいオメガは、優秀な跡取りが必要な貴族にとって、喉から手が出るほど欲しがられる貴重なバース種だ。

「父さんとしては、アルファの孫狙いでしょうが」

「当たり前だ。オメガはアルファの子供を産む確率がかなり高くなる。我が家にはアルファが必要だ。理由はどうあれ、お前も私に反対されるよりはましであろう?」

「奏がオメガ以外に覚醒したら、駆け落ちも辞さないつもりでしたけどね」

「なるほど、情熱的なことだ。だが、お前に家は捨てさせない。どんな手を使ってでもな。まあ、結局、相手がオメガに覚醒したのなら、これ以上は何も言うまい。ここで喧嘩《けんか》をしても意味がないだろう？　すべては上手くいったのだからな」

ゆったりとした口調で父はそう言うが、もし奏がオメガ以外に覚醒して、ヒューズが本当に駆け落ちをするような事態になったら、奏の命は狙われ、そして奪われていたかもしれない。

家というのは、恐ろしいしがらみだ。時には人の命さえ軽くなる。

「私は時々、この家に生まれたことが怖くなりますよ」

「今更だ」

父は葉巻をテーブルの灰皿に置くと、天井を見上げた。彼にも何か思うことがあるのだろうか。

ヒューズが父をじっと見ていると、彼が再びヒューズに視線を戻した。

「とにかくお膳立てはしてやった。後はお前次第だ」

「とりあえず感謝すべきなんでしょうかね」

「するべきだな」

父は人の悪い笑みを口許に浮かべた。滅多に礼を言わない息子にどうしても言わせたいようだ。

確かに、父が奏を受け入れてくれるのなら、これほどありがたいことはない。今後も安泰だ。仕方ないので、ここは素直に礼を言うことにした。

「わかりました。父さん、ありがとうございます」

ヒューズは礼を言って、カウチから立ち上がると、父がふと口を開いた。

「私は来月からスペインに仕事で出掛ける。それまでに会えなかったら、次は夏のカントリーハウスだ」

それは遠回しに、なるべく早めに奏を連れてこいと言っているのだとすぐに気づく。

「父さんに早く会えるよう努力しますよ」

そう告げて、部屋から出たのだった。

＊＊＊

「あれから、君にいつ、どのようにしてコンタクトを取ろうか、ずっと悩んでいた。君を不安にさせていた原因が、たとえ知らなかったとはいえ、私だったんだからな」

「ヒューズ……」

「すまない、奏」

「いえ、謝らないでください。あなたが知らなかったのなら、仕方がありません。それに、あなたの優しさのほうが嬉しいです。僕に負担をかけまいと、出資のことを言わなかったんでしょう？　あなたらしいです」

ヒューズはプライドがあったから告げられなかったと言っていたが、きっと奏への配慮から言わなかったことのほうが理由として大きいに違いない。

ヒューズに視線を合わせると、彼がバツの悪そうな笑みを浮かべる。そしてすっと席を立つと奏の傍までやってきて、いきなり目の前で跪いた。

「ヒューズ⁉」

奏は驚いて椅子から立ち上がるが、そのまま左手を引き寄せられる。ヒューズから貰った指輪が嵌っている左手だ。

「改めて言わせてくれ。奏、愛している。私と結婚してくれ」

指輪の嵌る指にそっと唇を寄せられる。

「け、結婚って……どうしてそんなに話が飛ぶんですか？　まだ恋人になるか、ならないかという話では……」

「オメガになったら出資者と結婚しないとならないんだろう？　悪いが、その契約は楯にさせてもらう。君が嫌だと言っても、私は引くつもりはない」

「あなた、必死すぎです」

「必死にもなるさ。愛する君を手に入れられるかどうかの瀬戸際だ。みっともなくても、縋れるものにはすべて縋りたい」

緑の瞳が奏の心臓を射抜いてくる。奏は躊躇した。

本当にヒューズの手を取っていいんだろうか――？

自分は彼を幸せにできるんだろうか――？

そんなことが奏の頭の中でぐるぐると渦を巻き、返事が遅れる。するとヒューズが一瞬、今にでも泣いてしまいそうな表情を浮かべたのに、無理をしてまた笑って尋ねてきた。

「それとも、君はこんな余裕のない男は嫌いか？」

奏は堪らず首を横に振った。

嫌いじゃないと言いたいのに、溢れる感情に言葉がついてこない。ただただ、首を横に振るのが精いっぱいだ。

「愛している、奏。どうかイエスと答えてくれ。そうでないと、今、ここで私は心臓発作で死ぬ自信があるぞ。こんなに心臓がばくばく言っているんだからな」

そう言ってヒューズは奏の手を掴み、自分の胸に当てた。本当に鼓動が早鐘のように鳴っている。思わず彼を見つめると、彼が双眸を細めて愛おしそうに奏を見上げていた。

愛している――。

たった一言なのに、とても重い言葉。そして絶対に伝えないといけない大切な想い。

「……愛していますっ」

自然と口から零れ落ちた。

今までいろんな理由があって言えなかった想いだったのに、自然に胸の内から零れ落ちた。するとそのまま堰《せき》を切ったように奏の感情が溢れ出す。

「愛しています、誰よりもあなたを愛しています。ヒューズ……心から、愛しています。本当はずっと……ずっと言いたかった……っ……」

思いを告げた途端、いきなりヒューズが立ち上がったかと思うと、嵐のように激しく唇を奪われた。そのまま彼の腕の中に閉じ込められる。

「君は私をいつも幸せにしてくれる唯一の人だ――」

「ヒューズ……」

「愛している、どうか私と結婚してくれ」

「あなた、一体、何度、言うつもりなんですか?」

泣きそうになるのを堪えて、どうにか笑って言うと、笑ったことが不服なのか、ヒューズが真剣な表情で言葉を続けた。

「君がイエスと答えるまで、何度でも言うつもりだ」

「なら、もう言ってくれないんですね」

「え?」

ヒューズの虚を衝かれたような表情を見て、奏は幸せすぎて涙が溢れそうになった。今まで奏に呆れず、ずっと愛し続けてくれた彼に感謝したい。そんな気持ちに襲われたからだ。だから改めてしっかりと返事をする。

「イエスです」

「奏……？」

「ふつつかな僕ですが、結婚してください」

「っ……」

ヒューズが大きく目を見開いて固まった。いつも落ち着いて紳士然としているヒューズがこんな表情をするのは稀《まれ》で、奏は思わず涙を浮かべながらも笑ってしまった。するとヒューズが困り顔で口を開く。

「そんな間近で笑わないでくれ。君を帰したくなくなる」

「帰さないでください。今夜はあなたといたい」

勇気を出して、自分から彼の胸の頭を預けた。

「だが、学校は……」

ヒューズが気を遣って尋ねてくれる。今までの奏だったら、ヒューズとのことで学校を休むなど、あり得ない話だった。

「寒い夜でしたから、長い間、外にいたので熱が出たと言います」

「ジャン君や由葵君には、たぶんばれるぞ？　前は嫌だっただろう？」

「もう誰にばれてもいいです。今までの僕は臆病でした。臆病ゆえに大切なものを見失っていました。もちろん節度ある行動の上での話ですが、僕はもう親しい人にはあなたのことを隠すのはやめます。それに、それがあなたに示せる誠意の一つだと思うから」

「奏……」

「今までごめんなさい。これはあなたと結婚すると決めたから謝罪したのではなくて……もしそうでなくても、謝らなくてはならないと思っていました」

「君が謝ることは何一つない。いや、一つだけあるな。今夜、危険だとわかっているのに、君と下級生だけで由葵君を助けに行ったのはよくないな」

「そうですね。咄嗟《とっさ》のことだったので、僕も判断を誤ったと思います。次からは気をつけます」

「それならいい」

「それに……アデルも僕だけじゃなく、もっと大勢、例えばジャンが最初からいたら、あんなことはしなかっただろうし、言わなかったと思います。僕が一人で行ったために、彼を増長させてしまった気がします」

　奏が彼に隙を見せてしまったのが大きな原因なのだ。

「まあ、ジャン君の話からすると、それもあるかもしれないが、やはりミーチンが己を律することができなかったのが一番の原因だ。ただ、これから先、同じような人間がまた現れるかもしれない。今回のことは一つの経験として、覚えておくといい」

「はい」

「私と共に歩むことで、この先、多くの人間に会うことになるだろう。人脈が広がれば広がるほど、自分の常識の範囲には収まらない人間がいくらでも出てくる。そういう人間を排除するのも一つの手だが、相手を理解することができるよう自分の教養を高めていくのも必要なことだ。だから何かあっても、または心無い言葉をかけられても、落ち込むことなく、前を向いて一緒に歩こう、奏」

「あなたが導いてくれるなら、僕はどこまでもついていきます。いえ、一緒に肩を並べて歩けるよう努力します」

「ありがとう、奏——」

ヒューズは奏に短い口づけをすると、奏を抱き上げてベッドルームへと向かった。

そっと肩口にキスを落とされる。今まで何度も抱かれたが、今日ほど緊張する日はなかった。彼が触れるたびに躰が過剰に反応してしまう。

すでに奏もヒューズも服を脱ぎ捨て、ベッドの上で足を絡ませていた。他愛のないことも幸せで胸が圧《お》し潰《つぶ》されそうだ。

先ほどジャンに風邪っぽいから学校を一日休むと連絡を入れたが、『そういうことにしておくよ』とだけ返された。前ならそれに対して否定したりしたが、今日は『そういうことにしておいて』と肯定した。電話口でジャンが驚いたような感じがしたが、すぐに笑い声で『わかった』と言って切った。本当にそれでジャンにはすべてわかったのだろう。親友のありがたさが身に沁みる。

奏がジャンに心の中で感謝していると、頭上から不機嫌な声が鼓膜を震わせた。

「よそ事を考えているなんて、つれない恋人だな」

ヒューズが悪戯に奏の下半身に触れてくる。反射的に身をよじって逃げようとするも、足が絡み、逃げることができず彼にされるがままになった。

「んっ……」

息が上がる。ヒューズの手にかかれば、奏の躰などあっという間に快楽に溺れる。

「ヒユ……ズっ……」

「そんな声で私の名前を呼ぶとは……まいったな。堪らない」

そう言いながら、何度も啄《ついば》むようなキスをされた。

「あなたに一か月以上、触れていなかったから……」

「触れていなかったから？」

「……興奮します」

「っ……」

ヒューズが一瞬固まる。そして自分の手で額を押さえ、大きく息を吐いた。

「はぁ……、私こそ君のその一言で、危うく昇天しそうだった……」

大げさなと思いつつも、自分の内腿に当たるヒューズのそれがすでに大きく膨らんでいるのに気づき、あながち嘘でもないことを知る。

「ヒューズ……あなた」

「フッ……我慢のできない男で、すまない」

「すまないって……あっ……」

刹那、激しく獰猛なキスに襲われる。こんなに余裕がないヒューズは初めてだった。いつも優しく紳士的であるのに、今夜はいろいろと初めてのヒューズばかりである。

ヒューズはひとしきり奏の唇を味わうと、それを解放し、奏の唇に触れるか触れないかくらいの距離で囁いてきた。

「君に結婚の承諾をしてもらったかと思うと、少々はしゃいでしまうな」

「そんな子供みたいな……」

「はは、そうだな、子供みたいだ。だが、君の前だと年甲斐《としがい》もなく振る舞ってしまう。こんな私にさせるのは君だけだよ」

ヒューズの笑顔を見て、どこか擽ったいような思いがする。奏までもが、暖かな気持ちになってきた。

子供みたいでいいのだ。お互い素直になって幸せであることを、全身で伝え合うことができるのなら、年甲斐もなく振る舞えばいいのだ――。

「僕はどんなあなたでも好きですよ」

「強烈な口説き文句だな。君こそ『誑し』なんじゃないかい？」

どうやら奏に以前から『誑しだ』と言われていることが気にかかっているようだ。こんな時にお返しされる。

「あなた専用の『誑し』かもしれませんね」

「そうであってくれ。そうでないと気が気じゃない」

「僕は昔からあなたしか見えていません」

昔、子供の頃から――、メリーゴーランドに乗りたそうにして街角に立っていた『おにいちゃん』を見た日から、奏の心はヒューズに捉えられている。それが恋だとは気づかなかったが、再会して一年以上経ち、やっとこの思いが恋だと知った。

彼の唇が再び重なってくる。ジンとした甘い疼きが奏の下半身から湧き起こった。

「んっ……」

くぐもった声を漏らすと、ヒューズがぺろりと奏の唇を舐め上げ、そのまま頬、そして顎、首筋へと唇を滑らす。さらに鎖骨に丹念に舌を這わせられ、焦らされた。

「まだ触っていないのに、奏の可愛い乳首が尖《とが》ってきたね」

「わざと触ってくれないんですね」

「一か月以上ぶりだ。奏をじっくりと味わいたいんだ」

「……意地悪をしたら、怒りますよ?」

「それは大変だ。これ以上君の機嫌を損ねたくないからな」

冗談を言いながら、ヒューズはすでに勃《た》っていた奏の乳頭に舌を絡ませた。

「あっ……」

ジンとした熱い痺れに思わず声が出てしまう。彼の舌が巧みに動くのと比例して、奏の躰の芯に淫らな熱が籠っていった。やがてヒューズの左手が奏のもう一方の乳首を責め始める。指の股で乳頭を挟み、こりこりと捏《こ》ねた。

「ああっ……」

途端、鋭い快感が、奏の脳天に走る。喜悦に躰の感覚を奪われていると、ヒューズの右手が奏の下半身にまた触れてきた。

「ここも勃ってきてるな」

「あ、急にっ……あぁぁっ……」

ヒューズの奏の下半身を扱く手が緩急をつけて動き始める。

「あぁっ……」

「この一か月、自慰をしたりしなかったか？」

「し……してません……っ……もう、セクハラですっ……あぁ……」

「なら、今夜はここをしっかり解《ほぐ》さないといけないな。何しろ一か月以上、私のものを挿れていないのだからな」

「あっ……そん……なっ……今、意地悪したら、怒るって……言い……ましたよね？」

「意地悪じゃないよ。君を傷つけないために、最善を尽くしているだけさ」

ヒューズは奏の膝裏に手を回したかと思うと、その膝が奏の胸につくほど折り曲げた。自然と奏の腰がベッドから浮き、彼の目の前に臀部《でんぶ》が晒される。

「なっ、ヒュ……」

ヒューズは奏の声を無視して、臀部を優しく左右に開き、その奥にひっそりと隠れている慎《つつ》ましい蕾《つぼみ》を探し出した。ひんやりとした空気に敏感な場所が晒され、奏の背筋がぞくぞくっとする。

「誰にもここを触らせていないな？　奏」

いつもは優しいはずの彼の声であるが、どこか緊張を孕む響きを持っていた。

「っ……当たり前です。こんなこと、あなた以外としようなんて、思ったこともないです。それに、それはあなたが一番ご存じではないですか？　ＧＰＳまでつけて僕を見張っていたんですから」

「ハハッ、相変わらず手厳しいな、奏は。だが、私を喜ばすことも天才的に上手い」

そんなことを言われて、奏も頬が熱くなる。咄嗟に出た言葉だが、いくら素直になろうと決めたといっても、『あなた以外としようなんて、思ったこともないです』などと、正面切って本人に告げるのは、顔から火が出るほど恥ずかしい。

「さすがは私の奏だ。惚れ直すよ」

臀部の柔らかな部分に音を立ててキスをされた。そこから湿った感覚が広がる。ヒューズが舌を這わせているのだ。そのまま双丘の狭間《はざま》に舌を差し込まれる。彼の両手が奏の臀部をさらに強く左右に引っ張った。

「あっ……」

彼の舌先が奥に潜む蕾に触れる。途端、凄まじい快感が奏に襲いかかった。奏の神経が一気に煽《あお》られ、喜悦に溢れ返る。

「はぁっ……」

ヒューズの熱を伴った舌が奏の蜜孔の縁を舐め上げ、そのままちろちろと舌先を動かした。舌先が蜜孔に入るか入らないかの微妙な感覚が、どうしてか快感に結びついて、奏は身悶えるしかない。

「あっ……ヒュ……ズ……っ……もう……あぁ……」

ふと視界にヒューズが入る。誰もが見惚れるほどの男が、奏の蕾を舐めている様子がありありとわかった。その卑猥さに眩暈がする。

さらに敏捷《びんしょう》に動く彼の舌先は、確実に奏を追い詰めてきた。嬌声を堪えようとしても、奏の理性を簡単に奪っていく。

「あっ……あっ……」

何度も何度も執拗《しつよう》に舐められる。躰の奥から溢れ返る快感にどうしようもなかった。まるで波に攫《さら》われる砂山のようにさらさらと理性が壊れていく。鼓動が早鐘のように鼓膜に鳴り響き、奏を翻弄した。同時に急速に躰が熱くなり、狂おしいほどの悦楽が全身から湧き起こってくる。

「ふっ……ああっ……」

「とても柔らかくなってきた。こうやって舌を差し込むと、早く欲しいと君が絡みついてくるよ。こんなに欲しがられると、私の理性がもたないな、奏」

恥ずかしいことを口にされ、奏はヒューズを睨んだ。

「そんなこと……っ……あ……言わ……なっ……いで……」

この恥ずかしい状況から早く逃れたいのに、ヒューズはなかなかやめてくれない。それよりか楽しそうでもあった。

「もう……バ、カぁ……早く挿れて……くだ……さいっ……」

とうとう白旗を上げて催促してしまうと、ヒューズが覆い被さり耳朶を食《は》むようにして囁いてくる。

「私としてはもう少し奏のここを味わい尽くしたいんだが？」

「もう、あなたエロおやじですか！」

「おや？　知らなかったのかい？　私は奏に関してはエロおやじだと自負しているが？」

「そんなことを威張って言わないでくだ……ああっ……」

ヒューズは再び奏の蕾をしつこくしゃぶり出した。彼の唾液なのか、またはすでに勃ち上がっている奏の下半身からの蜜なのか、わからないが、彼の舌が動くたびに、そこからぐちょぐちょと淫猥な音が漏れ響いてくる。

「このくらいかな」

奏が快感でぐずぐずになり始めた頃、ヒューズの声が奏の鼓膜に届いた。続いてコンドームの入った袋が破られる音が聞こえる。そのまま抱き上げられ、ヒューズの膝の上に向かい合って座らされた。奏の臀部に当たった彼は、ゴム越しにもわかるほど熱く滾《たぎ》っていた。

「っ……」

胸が焦がれる。早く挿れてほしくて、気持ちが急《せ》く。思わず腰が揺れてしまった。

「いつになく、せっかちだな」

茶化された気もした。いつもなら反論するところだが、奏は素直に自分の気持ちを伝える。

「そんなの……一か月以上、あなたに抱かれていなかったからに決まっています」

「くっ……奏、素直になりすぎだ。そんなに言われたら、私の心臓が止まりそうになる」

「止まらないでください。一緒に長生きしてほしいから」

「……ああ、そうだな。その通りだ。これからずっと一緒に生きていくんだ。私も奏の可愛さに慣れていかないといけないな」

ヒューズは奏の目許のほくろや、鼻先、そして唇など、あちこちに軽くキスをする。そして奏の躰が蕩け始めたのを確認して、己の屹立《きつりつ》をゆっくりと挿入した。

「あっ……んっ……」

「上手だ、奏。そのまま力を抜いて」

騎乗位だ。奏はできる限り躰から力を抜き、衝撃に耐えようとした。一瞬チリッとした痛みを感じたが、痛みよりもヒューズとやっと一つになれたことのほうが大きくて、ただただ、彼と肌を重ねられた幸せに感謝する。

今までいつか別れなければならないと、心の片隅で思っていたこともあり、ヒューズと熱を共有する悦《よろこ》びに気づかないようにしていた。だが、今夜は違う。誰にも気を遣うことなく、彼を素直に愛せる。

「好きっ……ヒュ……ズっ……あっ……」

下半身で疼く熱に意識を奪われそうになるが、必死で堪えた。彼を受け入れた媚肉は潤み、じんじんとした疼きを訴えてくる。躰中の血肉がざわざわと快感に蠢《うごめ》き出すと同時に、幸福感が奏の胸いっぱいに広がった。

「いいか？」

奏の痴態を間近で見つめているヒューズが声をかけてきた。奏は堪らず首を縦に振る。

「そうか」

彼の双眸が愛おしげに細められた。その表情に奏の胸が鷲掴みされる。

僕もヒューズを幸せにしたい――――。

改めて心に誓う。

熱く滾った屹立が、さらに狭い蜜路の先へと進む。ヒューズのそれが奏の最奥まで届き、何かに当たったかと思うと、ぐいっと奥へと突く。

「あぁぁぁぁぁっ……」

結腸まで貫かれた。刹那、その衝撃に奏は一気に快楽が爆発して射精してしまうが、ヒューズは動きを止めることなく、そのまま奏の熟れた肉壁ごと擦ってきた。

「はっ、あっ……あぁ……奥……奥に……当たって……るっ……ふっ……あぁぁ」

凄絶な快楽に奏は思わずぎゅっと目を瞑ってしまった。あまりに気持ちよくて、眦《まなじり》に

快楽の涙が滲む。隙間なくぎっちりと埋められた隘路《あいろ》は、快感だけではなく充足感さえ感じてしまっていた。

「私のすべてが——、躰も魂もすべて、お前と一つになったな……」

ヒューズが奏の手を取り、その指先から指の股まで丁寧に舐《ねぶ》る。ぞくぞくとした痺れが再び奏の中に生まれた。このままでは躰が跡形もなく蕩けてしまいそうだ。

「ヒューズ……あっ……」

彼の腰の動きが速くなった。彼の劣情が抽挿されるたびに、上下に激しく動く。

「はぁっ……」

甘い嬌声を上げてしまう。何度も何度も突き上げられ、ガクガクと足腰が震えてくる。

「んっ……ヒュ……あぁ……」

彼の背中に手を回し、しっかりとしがみつく。そうでなければ、この激しい嵐に飲み込まれそうな気がした。

「ヒューズっ……」

意識が朦朧《もうろう》とする中で、何度もヒューズと視線を交わす。そのたびに焦がれるように求められ、甘く唇を塞がれた。奏の中に愛しさが溢れ、それが愉悦と共に膨れ上がる。愛に満たされると同時に、奏の躰が重力に従い、重みを増した。もう足腰に力が入らず、ヒューズに揺さぶられるままだ。

「あぁっ……ふぁっ……もう……っ……」

ヒューズの動きが一層激しくなった。淫猥な熱を持った楔《くさび》は、奏の奥まで擦り上げ、快感を躰中からかき出してくる。

「も……もう……達く……っ……達くか……らっ……」

意識が一瞬真っ白になった。ふわりと浮遊感を覚えたかと思うと、奏の前から情欲が勢いよく爆ぜた。

「あぁぁぁぁぁっ……」

ヒューズの綺麗に割れた腹筋だけでなく、顎にまで勢いよく奏の白い精液が飛び散った。もちろん自分の顔にも飛沫《ひまつ》が当たる。

「あ……あ……っ……」

ぴくぴくと快感で躰が痙攣《けいれん》する。射精してもなお、興奮が収まらず、躰が細かく震え、自分の中にあるヒューズをきつく締めつけてしまった。

「くっ……」

途端、ヒューズの色香に染まった呻《うめ》きが鼓膜に響いたかと思うと、奏の躰の中で薄いゴムを通して熱い飛沫が弾けたのを感じた。

彼が達したのだ。同時に奏の脊髄に稲妻のような快楽が走り、思わずヒューズに縋った。

その際、奏の首筋が彼の目の前に露わになり、彼の唇が衝動的にそこにあてがわれる。一瞬彼が項に噛みつこうとしたように思えたが、ヒューズはすぐに我に返ったようで、代わりにキスをしてきた。

呆然としていると、ヒューズが奏の頬に手をやり、目許のほくろにキスをしてきた。

「すまない。今、君の承諾なしで項を噛みそうになった」

彼が謝罪する。謝罪なんてしなくてもいいのに、だ。

「……あなたになら噛まれてもいい。噛まれたい」

「奏――」

「あなたに躊躇されると、少し心が痛みます」

「ああ、すまない、奏。だが、本当にいいのか？　私のつがいになってくれるのか？」

「今更何を言っているんですか？　あなた、時々臆病になりますよね」

「ああ、臆病さ。それに君のことだから慎重にだってなる。だが、このことは君にしか知られていない。私がこんなに臆病だと知っているのは、君だけだ」

「僕だけの特権ですね」

小さく笑って言うと、ヒューズも笑みを零した。

「ああ、君がこんなに色っぽいと知っているのが私だけだというのと同じだ」

「な……何を……ヒューズ」

頬が熱くなる。その熱くなった頬にヒューズが唇を寄せた。そしてそのまま吐息だけで囁く。

「噛むよ、奏」

その言葉にコクンと頷き、彼に項を差し出した。

っ――――。

鋭い痛みが走る。噛まれた場所が熱を帯び、それがじわりと全身に広がった。痛みはすぐに取れたが、全身に広がった熱は、やがて官能的な痺れと変わり、目頭が熱くなった。

快楽で頭が沸騰する。

「あ……なに？　これ……あぁぁ……っ……」

白い喉を仰《の》け反《ぞ》らせると、そこにヒューズが舌を這わせた。

「私の愛が君の中に入り、芽生えたんだ。私の、世界でただ一人のつがい、奏――――」

愛おしげに名前を呼ばれる。その色香を含んだ声色にも躰が反応し、腰が砕けそうになった。その拍子にまだ躰の中にいるヒューズをまた締めつけてしまう。

「フッ、私をまだ求めてくれるとは、嬉しい限りだな」

そう言いながらも意地悪く腰を揺すってくる。与えられる狂おしいほどの喜悦に、奏の意識が飛びそうになった。

「ヒューっ……」

奏がしがみつくと、腰にあった彼の手に力が入る。

「愛しているよ、奏。君を幸せにする。そして私を幸せにしてくれ」

その声に顔を上げると、彼のエメラルドグリーンの瞳が真摯に奏を見つめていた。幸せそうな表情をした奏がその瞳に映し出されている。

もう迷わない。僕のつがいは彼しかいない――。

「ええ、あなたを世界で一番幸せにすると誓います」

その答えにヒューズが堪らなく嬉しそうな笑顔を浮かべた。

◆　エピローグ　◆

ふと目が覚めると、辺りは明るくなっていた。どうやら朝になっているようだ。

え？　今何時――――？

奏は慌てて時計を探すも、見つからない。そして隣にいたはずのヒューズもすでに姿がなかった。だが耳を澄ますと、彼の声が隣の部屋から聞こえてくる。どうやら仕事の電話のようだ。

昨夜は際限なく愛し合い、まだ学生で若いといえども、さすがに奏も体力を使い果たした。

ヒューズ……僕より六歳上なのに、あの体力は何？　化け物並みじゃないないか？

最後のほうは、ただヒューズについていくのが精いっぱいだった。意識もあまりない中、ヒューズに貪られたような感覚だ。

だがそれが嫌じゃないから困る。彼に強く求められることに幸せを感じてしまうから、奏もヒューズを責めることができなかった。

時間……時計ってどこにあるのかな……。

辺りを見回すと、窓辺にあるアンティークなコンソールの上に、ヒューズが愛用している懐中時計が置いてあるのが目に入った。

時間を見るだけならいいかな……。

奏は足腰が痛むのを堪えて、躰にシーツを巻きつけて窓辺まで歩き、懐中時計を手に取った。カチリと軽い音がして、蓋が開く。

うわ、十一時過ぎてる……。もう昼……え？　メモ？

蓋の裏に特注なのか、紙が挟めるようになっており、そこに古びたメモのようなもの畳んで挟まっていた。それだけなら、気にならなかったが、そのメモに奏の実家、サイモン子爵家の紋章の透かしが入っていたため、手が止まった。

なに？

よく見ると、子供の字が透かして見える。

「っ！」

咄嗟にそのメモを取って、畳んであるのを開いた。中身は――――。

『おにいちゃん、今日はありがとう。ごめんなさい。おかあさまがご病気で、帰らないといけなくなりました。また遊んでね。　奏』

「こ、これ……僕の――――」

子供の頃、メリーゴーランドに乗る約束をしていた、憧れのおにいちゃんに渡した手紙だ。

やっぱり、ヒューズは『おにいちゃん』だったんだ――――！

すると、ちょうどタイミングよく隣の部屋から『それでは失礼します』というヒューズの声が聞こえた。どうやら電話が終わったようだ。奏は堪らず、急いで隣の部屋のドアを勢いよく開けた。

「ヒューズ！」

「奏？」

そこにはいきなり現れた奏に驚いたヒューズが、スマホを片手に立っていた。

「ヒューズ、あ、あなた……」

「おはよう、眠り姫。どうしたんだい？　そんなに慌てて。裸にシーツを巻きつけただけの登場なんて、朝から刺激的な恰好だな」

「え？　あ……」

その指摘に、奏は顔が真っ赤になる。慌ててシーツが捲《めく》れ落ちないように、ギュッと持ち直した。だが文句は忘れない。奏は言葉を続けた。

「あ、あなた！　やっぱり『おにいちゃん』だったんですね！　どうして知らない顔をしていたんですか？」

「え？　おにいちゃん？　なんのこ、と……あ、ああ……なるほど、見つかってしまったか。私としたことが、懐中時計を置いたままにしていたな」

ヒューズが苦笑する。彼にとって笑って済ませることかもしれないが、長年、思い悩んでいた奏としては、そんなことでは許せなかった。

「どうして知らない顔をしていたんですか？　僕はずっとあなたのことを、もしかして『おにいちゃん』なのではないかと思っていたし、そうだと確信しても、あなたは僕のことを覚えていないんだって……ずっと、ずっと寂しく思っていたのに――」

ちょっと拗《す》ねてみると、ヒューズがゆっくりと奏に近づいて、髪に口づけをしながら答えた。

「いや、私も君が忘れてしまったのかと思っていた。家庭教師として会った時も、驚いた様子がなかったから、敢えて言わなかったんだ。覚えているのは私だけでいいと思ったし、それに……子供の時から君を狙っていたなんて知られたら、君に嫌われるだろう？」

彼が苦笑する。だが、奏にとったら初めての出会いは、とても大切なものだった。

あの時、『おにいちゃん』に出会わなかったら、当時勉強があまり好きでなかった奏は、エドモンド校へ入るのを諦めていたかもしれないし、まったく別の道を歩んでいたかもしれない。

「嫌いません。僕も子供の時からずっとあなたに憧れていましたから」

ヒューズがわずかに瞠目《どうもく》する。

「私に最初だけでなく、あれからずっと憧れていてくれたのか？」

「……ええ、でも愛してるって気づいたのは最近ですが。だから僕もあなたと同じです」

「私だけか？　他の人間にもそういう思いを抱いたことはないのか？」

「……ありません。僕もあなただけでした」

「奏……」

シーツの上から甘やかに抱き締められた。

「そういうのを、なんと言うか、知っているか？」

彼の囁きが奏の首筋を擽る。

「え？」

「『運命のつがい』って言うんだ。やはり、奏は私の運命のつがいだったんだ」

「運命のつがい――」

それは、一生に一度、巡り会えるか会えないかの、希少な運命で結ばれたつがい。

僕たちが――？

刹那、まるでそれが正解だとばかりに奏の鼓動が大きく爆ぜた。

「あ……」

同時に過去の様々な思いが、すべて腑《ふ》に落ちる。そして代わりに熱い思いが込み上げてきた。こんなに愛する人は、やはりヒューズしかいないと思ったのは間違いではなかったのだ。

じわりと奏の目に涙が滲む。すべてがあの街角のメリーゴーランドの出会いから繋がっていたのだと、奇跡のような運命を感じた。

「だから、僕はあなたを諦めることができなかったのですね」

「奏――っ」

きつく、きつく抱き締められる。

「愛している」

そのまま優しく唇を奪われた。奏が握り締めていたシーツが絨毯の上にさらりと音を立てて落ちる。白い素足が明るい陽差しに晒された。

「ヒューズ……」

窓からはテムズ川がきらきらと陽の光を浴びて流れているのが見える。

奏はロンドンの街に広がる薄青色の空を目にしながら、幸せを噛み締めたのだった。

サマー・ボールの恋人〜卒業〜

水色の空や美しい緑の木々、そして空高い雲。何もかも光り輝く六月のロンドンの昼下がり、奏《そう》のエドモンド校生としての最後の日が始まっていた。

特別な日にしか使われないホールでは、ハウスマスターと五学年生の正餐会《せいさんかい》が催される。卒業を迎えた五学年生への労《ねぎら》いと、卒業後の健闘を鼓舞激励するために行われる、代々受け継がれている食事会であった。

全員、制服とは違う真新しい燕尾服で身を固め、ここで得たイギリス紳士としての振舞いを披露する機会でもある。食事中は、話し声はもちろん、カトラリーの音一つしない静寂さを保つのがマナーであり、五学年生はそれを完璧にこなした。

一学年生のファグたちも、自分たちのマスターの雄姿を見ることを許され、一段下がった部屋の隅でその粛々たる正餐会の様子を窺《うかが》うことができる。

そして厳《おごそ》かに正餐会が終わると、寮長によって寮の鍵がハウスマスターに返還され、次の新しい寮長に鍵が渡される儀式が行われる。

実際は、寮の鍵はかなり前から使われておらず、現在はオートロックになっているのだが、それでもこの鍵の引き継ぎは、寮長、新寮長の交代式として受け継がれていた。

一見して無駄なようなことに、大切なものがたくさん詰まっている。それを学ぶ五年間なのかもしれない。

奏もまた、寮長であるジャンがハウスマスターに箱に入った鍵を返すのを、横で見ていた。いろんな思いが込み上げてきて胸が詰まる。ジャンも同じようで、目を赤くして鍵を渡していた。奏たちの思いがいっぱい詰まった大切な鍵だ。マンスフィール寮のために自分たちは心血を注いで、目に見えない多くのものを勝ち取ってきた。その栄光のマンスフィール寮を優秀な後輩たちに託さなければならない。

どうか、どうか――。たゆまぬ努力を続け、エドモンド校に恥じない優秀なマンスフィール寮を後世にも伝えていってほしい――。

それが去る者の一番の願いだった。

じっとハウスマスターを見つめていると、彼がそっと頷く。奏たちの思いをわかってくれているのだ。そしてハウスマスターは奏たちの後ろに控えていた次のマンスフィール寮の寮長と副寮長を呼び、その鍵を恭しく渡した。

去年、ジャンと奏もこうやって先輩から鍵を引き継いだのだ。あの時の緊張が胸を過《よぎ》る。早かった。あっという間の一年だった。いや、五年間だった。

もうこの美しい伝統に包まれた環境で過ごすことができないかと思うと、すべてが愛《いと》しくて手放せないものだったことに気づく。

何気なく座っていたサロンのカウチや、談話室にあった暖炉。卒業生の誰かが残していったとされる絵画や、わけのわからない置物。どれもずっと捨てられることなく、寮内に飾られていた。

そのどれもがきらきらと輝き、大切な宝物のような空間だ。

「さあ、会場を移動しよう」

校長の声に全員が一斉に席を立った。声一つ聞こえない。ただ椅子を引く音だけがホールに響いた。

この後は大聖堂に行き、五学年生に聖書が贈られることになっている。それは革張りのもので、子孫代々に伝えていけるような立派なものだ。もちろんヒューズも持っていた。一度、オックスフォードの家へ遊びに行った時に、見せてもらったことがある。あの美しい聖書を、奏も手にする日が来たのだ。


日本と違い、はっきりとした卒業式のようなものはなく、この聖書の授与が終わると、そのまま『プライズ・ギビング』が始まる。卒業生に限らず、この一年で何かで優秀な成績を収めた生徒が表彰されるのだ。奏のファグ、御井所も一学年生の成績優秀者として表彰され、奏の卒業に花を飾った。

終業式が無事に終わり、生徒らが長期の夏期休暇を過ごすために帰省していく中で、卒業生のほとんどは学校に残り、夕方から開催される『サマー・ボール』に参加する。『サマー・ボール』とは保護者や関係者を招いたダンスパーティーだ。

夕方と言っても、六月のロンドンは夜の九時過ぎまで明るく、空がまだ青い。晴れ上がった空の下、続々と招待客が到着していた。

二十一世紀に入ってから建てられたダンスホールは、このエドモンド校で一番新しい建物になる。だがホール内は古き良き時代、ヴィクトリア朝時代の建築様式に似せた造りとなっており、壁には各寮の紋章が飾られていた。

ダンスは、仲のいい学生同士で踊る場合もあれば、自分の母親をエスコートして踊る学生もいる。皆、社交界デビューをする直前練習として、完璧に踊るのを目標としていた。

一方、保護者も正装で、母親の中にはきらびやかなロングドレスを纏《まと》う人もいる。まるで王侯貴族の夜会のようだ。

ジャンも含め、奏が同じマンスフィールド寮の同級生と固まって談笑していると、アデルが真っ白な顔をしてこちらに歩いてきた。傍からも彼がとても緊張しているのが見て取れる。奏はじっとアデルを見つめた。

「奏……」

彼が消え入りそうな声で呼びかけてきた。あの事件を起こしてから、アデルが奏を避けていたこともあり、久々に彼の声を聞いたような気がする。奏は黙ってアデルの顔を見つめ続けた。

「ごめん、奏。何度謝っても許してもらえないかもしれないけど、本当にあの時はごめん。僕、大好きだった人に振られて、自暴自棄になってたんだ。何も関係ないのに奏に嫉妬して……。本当にごめんなさいっ」

アデルが土下座しそうになったのをジャンが察して慌てて腕を引っ張って止めた。この場所でそんなことをされたら大変なことになる。

「アデル、君、TPO考えろよ」

ジャンが窘《たしな》めると、アデルが我に返ったように、はっとして肩を竦《すく》めた。

実はすでに奏は御井所から聞いていたことがあった。あの後、アデルは御井所に謝罪に来たとのことだった。お詫《わ》びにシェークスピア全集を置いていったらしい。かなり高価なものだったので、御井所が奏に相談したのだ。

シェークスピアは近代英語の礎《いしずえ》とも言われる作家で、英語の本質を感覚的に理解するのに、一番いい教材とも言われている。日本人の御井所の手助けになればと思って、アデルがプレゼントしたのだろうと奏は察し、御井所にありがたく貰《もら》っておきなさいと言ったのだ。

アデルは本来よく気がつき、優しいところもあるが、恋愛に関しては駄目駄目だ。酒に溺れて人生を駄目にする人間と同じく、アデルは恋に溺れて人生を駄目にするタイプだ。もっと在学中にアデルに心を配って手を引っ張ってやればよかったと後悔が残る。

「……アデル、恋愛に気をつけて。変な相手に引っかかるな。そしてもう絶対、他人に危害を加えないと約束をして。そうしたら苦しくなったらジャンか僕に連絡してくれれば、相談に乗る。マンスフィール寮の絆は永遠だ」

奏の言葉に、それまで顔を伏せていたアデルが勢いよく顔を上げた。

「奏……」

彼の目からは涙が溢れ、顔もくしゃくしゃだ。

「はは……なんて顔だよ、アデル」

小さく笑うと、彼も泣きながら笑った。

「奏ぉ～っ」

するとジャンが言葉をつけ加えてきた。

「こいつ、ずっと奏に謝りたくて、今日最後だから勇気を振り絞るって言ってたんだ。奏、許してやってくれるか」

どうやらジャンには相談していたようだ。

「仕方ないな。アデルは僕の同級生で元ルームメイトだ。喧嘩《けんか》別れのままは嫌だからね。

仲直りしよう」

冗談っぽく偉そうに言うと、いつもなら張り合ってくるアデルであったが、今日は素直に感謝される。

「ありがとう、奏……」

アデルは溢《あふ》れる涙を手の甲で擦《こす》ると、ごそごそとポケットから束ねた紙を出して、奏に渡してきた。

「あと、これ……なんでもチケット」

「なんでもチケット?」

よく見るとアトラクションの乗車券のようなものが束ねてあった。手作り感が満載で、少し不恰好《かっこう》でもある。

「五枚ある。何かあったらこれを使って。どんなことでも断らずに奏を助ける。僕が地球の裏側にいても、奏を助けに行くから」

「それ、子供がお母さんに渡すお手伝い券か!」

ジャンの突っ込みに、そこにいた同級生が一斉に笑う。

「いいじゃないか。いつか本当に奏が困ったときに、僕は奏を助けたい。いざとなったら父さんに頼んでも助けるよ」

「アデル……」

アデルの父親は不動産でかなり儲けている資産家だ。もしかしたらアデルは、奏の実家が傾いた時に、助けられなかったことを悔やんでいるのかもしれない。

「ありがとう、アデル」

奏の声に、またアデルが涙を零《こぼ》した。皆には『奏にはガルシアさんがいるから、君の助けなんて、そもそも一生いらないよ』などと茶化されるが、アデルは『それでもいい。気持ちの問題だ。気持ちの！』と張り合いながらも、やっと楽しそうに泣き笑いをしている。最後の最後にマンスフィール寮生らしいやり取りが見られて、奏も嬉《うれ》しくて涙が溢れそうになった。

そうやって皆で話し合っているうちに、一人、一人、その輪から離れていった。両親を招待している学生が多いので、その顔を見つけては離れていく。

奏も母をエスコートしようと思っており、両親が到着するのを待っていた。ヒューズもこのパーティーに参加するのだが、未《いま》だ姿を現していない。

ヒューズには、『恥ずかしいから、サマー・ボールでは君とは踊らないから』と伝えてあるのだが、そのことで少し彼が拗《す》ねていたので、母親の前で変なことをしないか、どきどきする。

ヒューズ……時々、大人げないことをするし。

小さく息を吐くと、目の前を少年が通り過ぎていく。

「伊織《いおり》、ほら、こっちだ」

「ロラン様、待ってください」

この九月から入学する予定の生徒だろうか。目立つ二人だ。

「父上が、エドモンド校の様子を見るのに、今日がいいと言われていた。お前もしっかり確認するんだぞ」

「は、はい……」

はきはきと話す少年は、ライオンの鬣《たてがみ》のような黄金に近い色をした髪が印象的だが、対するもう一人の少年は、奏と同じ日本人の血が混じっているようだった。

「ったく、ほら、手を貸せ。お前はすぐに迷子になるからな。私から離れるな」

「すぐに迷子にはなりません」

「いいから、手を貸せ」

どうやら金髪のほうの少年は面倒見がいいようだ。相手の少年の手をしっかり摑《つか》み、人ごみの中へと消えていった。

あの子たちは、これからこの素晴らしい学校で五年間過ごすんだな……。

微笑《ほほえ》ましくもあり、ちょっぴり羨ましく思う。すると隣にいたジャンが声を上げた。

「お、母さんに見つかっちまった。奏、悪いが、先に離脱するな」

「ああ、また後で」

ジャンが、じゃあ、と言って去っていった。そろそろ奏の両親も到着していい頃だ。ちらちらと入り口を見ていると、ようやく両親の姿が見えた。日本人の母は、日本の民族衣装である着物を着ていて、目を惹《ひ》いた。父などは鼻の下を伸ばして、自分の妻を見つめている。相変わらず仲のいい両親だ。どんなに事業が傾いても母は父と一緒に頑張ってきたのだ。父にとっても母はいなくてはならない存在だった。

奏は両親がいるほうへ急いで出向き、母に声をかけた。

「母さん、エスコートさせて」

驚いた母に、父が言葉を足した。

「え？　ヒューズさんはどうしたの？　奏、てっきり彼と踊ると思って、私、着物を着てきてしまったわ」

両親にはすでにヒューズと結婚を前提としてつき合うことを告げていた。

あの日、お互いに愛を確認した日に、ヒューズが『外堀を埋める』などと言い出し、数日後には奏の両親に挨拶をし、また奏も侯爵がスペインに出向く前にと家へと連れていかれ、あれよあれよと言う間に両家公認となってしまったのだ。

「大丈夫だよ、母さん。そんなに激しく動くワルツにはしないから」

そう言っていると、ホールの奥でいよいよ楽団による生演奏が始まった。皆が中央に集まって、ダンスを踊り出す。

「ほら、母さん、行こう」

奏は母に手を差し伸べた。だが、その手を取ったのは母ではなかった。

「申し訳ないですが、奏の最初のワルツの相手を私に譲っていただけませんか？　サイモン子爵夫人」

いきなり現れたのはヒューズだった。

「ヒューズ！　あなた今までどこにいたんですか？」

「校長に捕まっていたのさ」

ヒューズは校長のお気に入りだ。あり得る話だった。

「よろしいでしょうか？　子爵夫人」

ヒューズは誰もが見惚《みと》れるほどの笑顔を母に向けた。母もヒューズの笑顔に魅入ってしまい、数秒後、我に返って慌てて受け答えをする。

「え、ええ、いつも息子がお世話になっております。ぜひ息子と踊ってやっていただけませんか？」

確信犯だ。奏が断っても、母に直接言えば、ワルツの相手を譲ってくれるとわかっていたのだ。母が奏に譲ると言い出せば、さすがに奏も断りきれないと踏んでの犯行に違いない。

案の定、ヒューズが算段した通りになり、奏はヒューズにそのままエスコートされてしまった。

「ヒューズ、あなたと一緒に踊るのは、恥ずかしいと言いましたよね？」

小声で抗議するが、ヒューズはまったく聞こえない振りをして、ホールの中央へと奏を連れていく。

ホールですでに踊っていた生徒たちも、ヒューズの登場で場所を空けてくれた。周囲からも『ガルシア侯爵家の……』とか『ヒューズ様よ』などという囁《ささや》き声が聞こえてくる。それだけならいつものことだが、さらに今夜は『あの相手の青年はどなた？』とか『ヒューズ様とどういうご関係？』などと、奏に関する詮索の声も聞こえてきた。

ヒューズが奏の家庭教師だったことは、エドモンド校の生徒にはかなり知られているが、その保護者や他の招待客にはまだあまり知られていないようだ。好奇の目が向けられる。

「……絶対、悪目立ちしていますよ、僕たち」

「いいじゃないか。多くの人の前で、私と一緒にいることに慣れてほしいよ、奏」

「う……それもそうですが」

確かにこれから一緒に未来を歩む伴侶となるのだから、こういうことにも慣れないといけないのかもしれない。

ふと見たら、壁際にいたジャンとも目が合ってしまった。ニヤニヤと笑っているのがわかる。

ジャンも面白がって……。

と、思った時だった。ワルツを踊ろうとしているのに、ヒューズが急に跪《ひざまず》いた。

「え？　何か落ちてましたか？」

一緒に跪こうとすると、ヒューズが奏の手の甲を握った。

「え？」

「愛している、奏。私の愛は君だけのものだ」

ヒューズはそのまま奏の手の甲にキスをした。

「な……」

思わず固まると、周囲から歓声と悲鳴が上がった。

「うぉぉぉぉぉぉっ！」

お祭り好きなエドモンド校生だ。今までの紳士然とした空気はどこへやらで、一瞬にしてお祭り騒ぎとなる。

「おめでとうっ！　私たちが歴史の証人となるぞ！」

あちこちから祝福の声が上がる。だが一方では阿鼻叫喚の嵐だ。

「ああ、奏様が、陽《ひ》だまりの君が他の人のものに～っ」

「ここで、言うか。ここでわざわざ告白するか！　このめでたき日に、独り身の我々を、そんなに地獄へと堕としたいか、このイケメンめが！　男は顔じゃないぞ、心だぞ。たと

か。

「ヒューズ様ぁぁ……お慕いしておりましたのにぃぃ……」

周囲は悲喜こもごもの大騒ぎで、いつの間にか教師もそこに混ざって楽しそうに笑っている。もう奏も卒業し、エドモンド校の生徒じゃないからかまわないというところだろうか。

「ヒューズ、どうして公衆の面前で、こんなことをするんですか！」

「皆に、奏は私のものだと公言しておきたかったんだ。奏を誑《たぶら》かした者は、ガルシア侯爵家を敵に回すことだと、はっきりと示したかったしな」

「示したかったって……あなた、この騒ぎ、どう責任を取るつもりですか」

とりあえず、目の前のこの騒ぎの当事者を責めるが、当の本人のヒューズは幸せそうに笑ったままだ。そして立ち上がり、奏の両頰を手で包み込むと、そのまま正面から堂々とキスをした。

「うぉぉぉぉぉぉぉぉぉぉっ！」

本日一番の男たちの歓呼の声が轟《とどろ》いた。

「おめでとう！　ヒューズさん、奏！」

どこからかジャンの声が聞こえた。その声に触発されてか、冷やかしの口笛があちこちで吹かれ、そして盛大な拍手が沸き起こる。

「ヒュー、ヒュー、やったな」

「おめでとう、サプライズ、大成功だな！」

「おめでとう！」

皆がヒューズと奏の恋愛を応援してくれていた。

「え？　サプライズ？　どういうこと？」

「実は皆に協力してもらっていた。ああ、皆と言っても、保護者の皆さんには伝えていなかったから、いろいろ驚かれたかもしれないがな」

「もしかして、先生方も……」

「サプライズ・プロポーズ大成功かな？」

「あ、あなたっ！」

校長に捕まっていたというのは、半分嘘だったのだ。きっと校長に直談判でもして、このサプライズを敢行したに違いない。そしてたぶん両親も一枚噛んでいただろうことに気づいた。どうりで来るのが遅かったはずだ。

「あなたって人は……」

「惚《ほ》れ直してくれたかい？」

ヒューズがお茶目にウィンクしてきた。その表情に、怒ろうと思っていたのに、奏はつい笑ってしまった。

「はぁ……、さすがは元名物キングですね。あなたには完敗です」

「奏……え?」

奏は予告なしにヒューズの首に手を回し、その唇を奪ったのだった。

今度こそ、会場に割れんばかりの歓声が沸き起こる。二人は鳴りやまない拍手の中、ずっとキスを交わしたのだった。


そして、その年の『サマー・ボール』が後々まで伝えられるようになったのは、言うまでもない。

ハッピーサプライズ。二人の幸せな人生は今から始まる——。

家を借りよう～アシュレイ&由葵編～

奏《そう》・ウォルター・サイモンのファグだった御井所由葵《みいしよゆき》も五学年生になり、いよいよ卒業を控える時期となっていた。

キングの間《ま》で由葵が次期キングにスムーズに引き継ぎができるよう書類を纏《まと》めていると、アシュレイが声をかけてきた。

「そういえば、由葵、大学生活のことで、一つ相談したいことがあるんだが、少しいいかな？」

由葵もアシュレイと一緒にオックスフォード大学への入学が決まっていた。

「ああ、何かあったのか？」

「実は、オックスフォードにいい借家が見つかったんだが、一緒に借りないかい？」

「え？　借りないかって……大学は、一年生は強制的に寮生活だろう？　家を借りても住めないじゃないか」

「そうではあるが、週末は外泊ができるし、休暇に二人だけで過ごせる家があるなんて、少し素敵じゃないか？」

「二人だけで過ごせる家か……」

確かにそれは魅力的だ。エドモンド校でも寮生活だったが、オックスフォード大学に入れば、また一学年生の下っ端からのやり直しだ。今のように要領よくアシュレイと会う時間を作るのも難しくなるだろう。

「なるほど、確かに素敵かもしれない……」

「よし、言質《げんち》は取ったからな」

アシュレイが嬉《うれ》しそうに後ろから抱きついてきた。そんな彼の姿を見て由葵も幸せになる。

去年までは、彼のことをこんなに好きになるとは考えてもいなかった。彼とはライバルで、犬猿の仲だと由葵は思っていたからだ。

アシュレイは僕がどんなに冷たくしても、好きでいてくれたんだよな……。

そんな我慢強い彼に感謝しかない。だからこそ、由葵ができることで彼が喜ぶことなら、進んでやりたいとも思った。

だが、

「じゃあ、早速、次の日曜日に見学に行かないかい？」

「え？　急すぎないかい？　もう見学に行くのか？」

いつもながら手回しがいいというか、なんというか、少し呆《あき》れながらも尋ねると、アシュレイが人の悪い笑みを浮かべた。

「オーナーが君に会いたがっているしね」

「え？」

日曜日の朝、由葵とアシュレイはオックスフォードまで電車で行こうとしていたのだが、借家のオーナーが車を手配してくれたこともあり、二人はオーナーの厚意に甘えることにして、その車に乗った。

「どうしよう、アシュレイ。マスターに会えるなんて嬉しすぎて緊張する……」

実は、由葵の元マスターの奏とガルシアが現在住んでいる家を、近々貸し出す予定らしく、それをアシュレイに借りないかと、ガルシアから直々に打診があったのだ。それで今回、その家に招待されがてら、家を見に行くことになった。

「由葵が喜んでくれるのは私も嬉しいが、そこまでとなると少し複雑だな」

アシュレイは相変わらず由葵の周囲の人間関係にすぐに嫉妬する。

「何を言ってるんだ、アシュレイ。君とマスターに対する愛の種類は全然違うから」

「愛の種類……」

アシュレイはそう呟《つぶや》くと、顔を片手で隠した。

「はぁ……。まったく、由葵は相変わらず私を喜ばせてくれるな。私が特別だと言ってくれているのか？」

「……当たり前だろう」

恥ずかしいが、素直に肯定すると、アシュレイが隣で撃沈した。

「由葵、今すぐに帰りたいんだが」

「駄目。今帰ったら、君のことだから一日中、ベッドに居座りそうだ。今日は家を見に行くんだから、駄目だよ」

きっぱり断り、アシュレイを黙らせた。

そしてしばらくの間、二人でのどかな車窓を楽しむ。

寮からオックスフォードまで、一時間くらいの道のりであるが、ロンドンの市街を出ると早々に田園風景が広がる。とても大都市の近郊とは思えない風景だ。

そんな風景をアシュレイと二人でああでもないこうでもないと言いながら、通り過ぎていく。他愛もないことでも、楽しくて仕方がない。

だが、次第に由葵の頭の中は、マスターであった奏に再会できることでいっぱいになった。

マスターは、生意気な一学年生の由葵を、ずっと守ってくれ、優しく導いてくれた、いわばエドモンド校での母のような存在だった。

由葵はそんなマスターが卒業してから、様々なマスターの配慮を知った。

いつも当たり前のようにあった美味《おい》しいお菓子はマスターが誰かから貰《もら》ったものではな

くて、由葵が遠慮しないように、マスターがそっと買ってくれていたものだったり、由葵が寮長を目指しているから指導するよう、次の寮長たちに指示してくれていたりしたのだ。

一学年生から堂々と寮長になりたいと言っていた由葵は、本来なら上級生に煙たがられる存在だったかもしれない。だが、それをマスターはあらかじめ察し、道を作っておいてくれたのだ。

マスターは卒業後も、何度かイベントなどで学校や寮に顔を出してくれたが、由葵は常に何かの役を任されていたので、マスターとすれ違いが続き、なかなか思う存分話すことができなかった。

しかもマスターの伴侶であるガルシアのガードが固くて、長く話すのも制限があった。いろいろと話したいことがいっぱいある……。今日、マスターと話せたらいいな。

すっかり心は一学年生の頃に戻ってしまっている。すると由葵の手にアシュレイの手がそっと重ねられた。まるで私の存在を思い出してくれと言わんばかりで、アシュレイのそんな態度につい笑ってしまう。

「ごめん、ごめん。ちょっとマスターのことを考えていたの、わかったかな?」

「やっぱりそうか」

アシュレイが恨めしそうに横目でちらりと見てくる。普段はクールな彼の、こんな可愛《かわい》らしい姿を見られるのも由葵の特権だ。

「久々に会えるから、いろいろと思い出してしまって……。あ、マスター、昔、君のことを庇《かば》ったことがあったな」

「どういうことだ？」

昔、ラグビー場でマスターの指輪を盗んだ上級生に叩《たた》かれたことがある。あの時のことを由葵はアシュレイに話した。

「ああ……そんなこともあったような……」

「しらばっくれなくてもいいよ。後でマスターに聞いたから。君は僕が上級生に連れていかれるところを目にして、急いでマスターに教えてくれたんだろう？」

「……知っていたのか」

アシュレイが、ちょっとバツが悪そうに苦笑する。彼なりに当時、由葵に気を遣っていたことを知られたくなかったようだ。

「ああ、マスターが、アシュレイに口止めされていたけれど、僕の命にかかわったかもしれない事件だったから、アシュレイに感謝はしないといけないって教えてくれたんだ。だからあの時、お礼を言いそびれたけど、君に感謝していた」

でも本当は、大好きなマスターが、当時嫌いだったアシュレイを褒めたことが、さらに由葵の心を頑《かたく》なにしたということは秘密にしておく。

「私は由葵に礼を言われたかったな……」

「う〜。それはごめん。僕は君をライバルだと思っていたし、君ができすぎていて、いろいろとコンプレックスもあったから、素直にはお礼が言えなかったんだよ。思春期ってやつかな……。ごめん」

本当に今でも申し訳なく思う。当時、いかに自分が狭量だったか、今でも反省するくらいだ。

「嘘だよ。君に礼を言われなくても、君を救うことができたほうが何倍も嬉しいからな」

そう言いながら、アシュレイは運転手の目を気にせず、由葵のこめかみに唇を寄せた。


オックスフォードはイギリス、イングランドの東部に当たる州都で、大学都市として有名な観光地である。

由葵たちを乗せた車は高速道路を下り、そのままオックスフォード市街地へと向かった。しばらくすると、美しい鐘楼が目印であるマグダレン・カレッジを通過する。この辺りからバスの量が多くなり、街は賑わいを見せていた。

ハイ・ストリートを進み、セント・メアリー教会の塔を目にしながら、秋から進学するオックスフォード大学のカレッジを遠くから眺める。別名、『夢見る尖塔の都市』とも言われるだけあって、大学の建築物でもある塔が、オックスフォードの街並みに調和し、古くからの伝統と格式を見る者に伝えてくる。

由葵がアシュレイと二人、これから生活する街について、いろいろとおしゃべりをしていると、あっと言う間にガルシア家へと到着していた。

ガルシア家は市街地にありながらも、立派な一軒家であった。蜂蜜色の石造りの古い家屋であるが、室内は住みやすくリフォームされている。

「御井所、アークランド、わざわざ来てくれてありがとう」

まず由葵とアシュレイをエントランスまで迎えに出てくれたのは使用人ではなく、マスター、奏本人であった。

「マスター！　ご無沙汰しております」

「奏さん、今日はご招待いただいてありがとうございます」

「二人とも元気そうだね。学校になかなか顔を出せなくてすまない」

マスターには、アシュレイとつがいになったことを報告しているので、二人で家を借りることについては、当然だと思ってくれていた。

「いえ、マスターも半年前に出産されて大変でいらっしゃるのですから……。それに本来なら僕からこちらへお伺いするべきところを、忙しさにかまけて、失礼していました」

「ふふ、御井所の真面目《まじめ》なところも変わらないな。さあ、中へどうぞ。ヒューズとオリバーが待っている」

オリバーというのは、マスターの第一子である。

出産の知らせを聞いた時、由葵も早くオリバーに会いに行きたかったが、キングの執務など多忙を極め、なかなかここに来ることができなかったのだ。

久々の再会に、由葵は心を躍らせたのだった。


落ち着いたベージュで統一されたリビングでは、ゆりかごに入ったオリバーがガルシアにあやされて、きゃっきゃ、きゃっきゃと楽しい声を上げていた。

「ヒューズ、二人が遊びに来てくれましたよ」

マスターが声をかけると、ガルシアが顔を上げた。相変わらずのオーラで、さすがは名物キングの一人だと、改めて思わざるを得ない。

「ようこそ、オックスフォードへ」

「ご無沙汰しております、ガルシアさん」

マスターに会った時とは違う別の緊張が二人に走る。

「今日は家を見に来てくれてありがとう。好きな部屋を好きなだけ見ていってくれ」

「ありがとうございます」

お茶の用意をされ、四人で談笑する。話のメインはオリバーの成長の様子と、アシュレイと由葵がつがいになったことだ。

「オリバーが先週、寝返りを打てるようになったんだ。もう嬉しくて、ヒューズなんて、動画を撮りまくっていたんですよね、ふふ」

「いや、オリバーは他の子と違って、寝返りも華麗なんだ。さすがは奏の血が入っているだけはある。撮らずにはいられないだろう？」

「僕の血って……あなたの血も入っているでしょう？　それに寝返りが華麗って……。はぁ、それを親バカって言うんですよ、ヒューズ」

あのクールで近寄りがたいオーラを纏ったガルシアが、オリバーの話をすると、にやけるのを目にして、由葵はアシュレイとそっと目を合わせて微笑んだ。幸せのお裾分けを貰った気持ちになる。

「それにしても、僕もまさか御井所とアシュレイがつがいになるとは思っていなかったよ」

マスターがそんなことを言ってくる。それもそうだ。一学年生の時、御井所はアシュレイを嫌っていたので、傍にいたマスターがそれに気づかないわけがない。だからこそ、余計驚いたに違いなかった。

「まあ、アークランドの粘り勝ちというところか」

ガルシアが楽しそうにアシュレイを見ながら口を開いた。アシュレイも苦笑しているのを見ると、こちらも在学中に何かあったのかもしれない。

エドモンド校生、至上の座、キングとクイーンになっても、先輩を前にしたら、ただの下級生だ。だがそれが嫌ではない。むしろ嬉しかった。こうやって自分たちを変わらず可愛がってくれる上級生、先輩がいてくれるのは、エドモンド校に在籍できたという幸運がもたらしてくれた奇跡だ。本当にこの絆に感謝したかった。

「ヒューズ、もうすぐうちの自慢のシェフのランチができるから、それまで部屋を見てもらったら？」

「そうだな、そうするか。じゃあ、オリバーも一緒に行くか？」

ゆりかごで横になっているオリバーにも声をかけて、ガルシアがひょいと抱きかかえる。オリバーも慣れているのか、嬉しそうにガルシアに抱かれた。

家の間取りは6LDKで、使用人は最低限で通いで頼んでいるとのことだった。

部屋は主寝室の他にゲストルームが一つ、そして子供部屋、書斎に書庫。そしてマスター個人の部屋に分かれていた。アシュレイと二人で住むには広すぎるが、どの部屋もぬくもりが感じられ、由葵はこの家をとても気に入ってしまった。

ガルシア曰《いわ》く、『少なくとも君たちが大学を卒業するまでは貸すよ。オリバーがエドモンド校に入学する頃になったら、ここへ戻りたいなとは思っているけどね』とのことだったので、借りる期間も問題なかった。

ちらりとアシュレイの顔を見ると、彼も由葵の気持ちを知ってか、小さく頷《うなず》いてきた。

ここに決定しようとしている様子が伝わってくる。

「人が住んでくれたほうが、家の傷みも少ないから、こちらとしても助かるんだ。だから、格安で貸すよ。一度考えてみてくれ」

だからガルシアがそう言った時、アシュレイはすぐに返答した。

「ガルシアさん、ここをぜひ借りたいです。由葵も私もここがとても気に入りました」

その答えにガルシアは嬉しそうに眼《め》を細めた。

「君たちに住んでもらえるのなら、これほど嬉しいことはないよ」

「アシュレイと二人で、大切に住まわせていただきます」

由葵も続けると、ガルシアはマスターと顔を見合わせ、幸せそうに笑ったのだった。


ランチも終え、アシュレイはガルシアとチェスを、由葵はマスターとオリバーが寝るゆりかごを覗《のぞ》いていた。

マスターの横顔を見つめる。優しげな雰囲気は昔と変わらず、まるで一学年生に戻ったような錯覚を抱いた。あの時もいつもマスターの横顔を見ていた。

「ガルシアさん、いよいよ侯爵の仕事を引き継がれるんですね」

「ああ、ヒューズは、本当は気が進まないらしいんだけど、家業でもあるからね。しばらくロンドンで暮らすことになると思うよ。御井所がせっかくオックスフォードに来てくれるのに、入れ違いで残念だよ」

「僕も残念です」

そう言うと、マスターがこちらをちらりと見てくれてふわりと笑ってくれた。本当に綺《き》麗《れい》な人である。綺麗で優しいマスターだ。そのマスターがふと口を開いた。

「御井所、君に会ったら言おうと思っていたんだけど……。君は夢を叶《かな》えたね。おめでとう。キングになってくれて、僕は本当に嬉しいよ」

「え……？」

「昔、御井所が『狡猾《こうかつ》でなくともキングになれる道を、僕は探します』って言ったことがあったんだけど、僕はあの言葉がとても羨ましかったんだ。それと同時にあの言葉に支えられた。簡単に諦めるのではなく、自分で工夫して探さないといけないという信念を学んだような気がしたんだ。だから、御井所が本当にキングの座についた時、嬉しかった……。君のマスターでよかったと本気で思ったよ」

「マスター……」

そんなことを急に言われて由葵の胸が熱くなる。

「ありがとう、御井所」

とうとう涙が溢《あふ》れてしまった。

「そんな、僕のほうこそ、ありがとうございます、マスター。マスターは僕のエドモンド校での礎《いしずえ》を築いてくださった恩人です。今こうやってキングでいられるのも、マスターがいてくれたからです」

「御井所……」

微笑《ほほえ》むマスターの目も赤くなっている。自然と由葵はマスターと抱き合った。それはとても、とても優しい時間だった——。

＊＊＊

楽しい時間は瞬く間に過ぎ、アシュレイは興奮気味の由葵と二人、車で学校まで帰ってきた。日曜日で誰もいない校舎に出向き、キングの間で、ガルシアに貰《もら》ったお土産《みやげ》のスコーンを由葵と二人でゆったりとお茶を飲みながら食べる。

「アシュレイ、ガルシアさんの相手、大丈夫だった？」

隣に座っている由葵がこちらを向いて話しかけてきた。どうやら心配してくれていたようだ。

「まあ、どうにか。あの人、本当に一筋縄ではいかない方だからな。だが私たちを気に入ってくださっているから、チェスをしながらも、終始、奏さんの惚気話《のろけ》だったかな。私も由葵の惚気話ばかりしていたから、意外と話は弾んだ」

「何を話してるんだよ、もう。恥ずかしい」

由葵がぷいと横を向いて頰を子供っぽく膨らませる。

「はは、いいだろう？　自慢の由葵なんだからな」

そう言うと、由葵がちらりと視線だけこちらへ向けて、ぽつりと口にした。

「……僕もアシュレイは自慢の運命のつがいだよ」

「由葵……」

ふとアシュレイの脳裏に、昼間にガルシアが口にした言葉が過《よぎ》った。

『アルファの幸せは、愛する伴侶の傍《そば》にいることだ。だからこれから先、もし何か迷いが出て、初心に戻らなければならないことがあっても、君は由葵君の傍にいることを最優先で考えたらいい。それがアルファの道を明確にする方法だ。私もいつも奏の傍にいることを考えているよ』

「これからもずっと一緒にいよう、由葵」

由葵の瞳がわずかに見開かれる。そして嬉しそうに細めた。

「改めて言われると恥ずかしいけど、僕もそのつもりだ、アシュレイ」

由葵の言葉にじんわりとアシュレイの心臓が温かくなる。幸せというのは、こんな時もアシュレイの傍にあった。

「キスがしたい、由葵」

「改めて言わないでほしい」

彼が恥ずかしそうに視線を伏せる。ほんのりと赤く染まった頰にさえキスがしたかった。

「なら……」

そのまま柔らかい由葵の唇にキスを落とす。スコーンの甘さがふんわりと口に広がった。

堪《たま》らず、彼の整った襟元に指をかけて乱す。すぐに由葵の熱い吐息が指先にかかった。同時に濡《ぬ》れた瞳がアシュレイを見つめてくる。

「由葵……」

「朝、車の中で君が帰りたいって言った時、本当は僕もすぐに帰りたかったよ」

「そうだな」

「でも、マスターとガルシアさんにも会いたかったし、何よりも君と住む家も、早く見たかったんだ……」

「だから……今、それらがすべて終わったから、そろそろ我慢しなくてもいいかなって、思ったり……」

「え？」

もしかして、これは珍しく由葵からのお誘いなのだろうか。

「その……どう、かな……？　アシュレイ、その……」

なんとも不器用なお誘いであっても、それが由葵からなら、世界で一番素晴らしいものとなる。

「由葵、もうそれ以上、私を煽《あお》らないでくれ。堪らなくなる――」

両手を上げて降参ポーズを示し、すぐに由葵をカウチの上に組み敷いたのだった。

卒業して夏期休暇が過ぎれば、二人はオックスフォードへと舞台を移す。

あとがき

こんにちは、または初めまして、ゆりの菜櫻です。

『パブリックスクールの恋』三話目になります。これも皆様が前作を読んでくださったお陰です。ありがとうございます。

どれも読み切りで、単独で読めるよう書いておりますが、『アルファの耽溺』『アルファの執愛』そしてこの『アルファの寵愛』と読んでいただくと、キャラに深みが出てくるかと思いますので、もし未読でしたら、別のお話も読んでくださると嬉しいです。

今回は色男攻めを書こうと思ったのですが、少しうさん臭い色男になってしまったような気がします（笑）。

あ、でも、奏の前では一途で誠実なヒューズですが、エドモンド校在学中は、それはそれは策略家で、キングになるに相応しい狡猾さを持った青年の設定なので、実は『うさん臭い』で、合っているのかな？

さて、いつも悩むのが、イベントのシーンです。今まで書いてきたイベントを今回だけ触れずにスルーするのも変かな？　と思って軽く書くのですが、それによって新しいイベントがあまり書けなくなるというジレンマに陥ります（笑）。でも新入生親睦会とか、毎回書きたいし。イベント、本当に悩みます。

日々、イベントと共に成長していくエドモンド校生です。

今回も拙作を飾ってくださったのは笠井あゆみ先生です。燕尾服の制服で、ストイックな姿なのにエロさが満ち溢れるイラストに心臓がバクバクです。ありがとうございます。

そして担当様。締切等、余裕をもってくださって本当にありがとうございます（涙）。今回もいろいろボケていたところを指摘くださり助かりました。本当にボケが酷い。

最後になりましたが、ここまで読んでくださった皆様、ありがとうございました。少しでも楽しんでいただけたら嬉しいです。また感想など編集部宛に送ってくださると嬉しいです。時間がかかるかもしれませんが、お礼のＳＳペーパーなど送らせていただきます。ではまたお会いできるのを楽しみにしております。

ゆりの菜櫻

本作品は書き下ろしです

ゆりの菜櫻先生、笠井あゆみ先生へのお便り、
本作品に関するご意見、ご感想などは
〒101-8405
東京都千代田区神田三崎町2-18-11
二見書房　シャレード文庫
「アルファの寵愛～パブリックスクールの恋～」係まで。

CHARADE BUNKO

アルファの寵愛《ちょうあい》～パブリックスクールの恋《こい》～

2021年7月20日　初版発行

【著者】ゆりの菜櫻《なお》

【発行所】株式会社二見書房
東京都千代田区神田三崎町2-18-11
電話　03(3515)2311[営業]
　　　03(3515)2314[編集]
振替　00170-4-2639
【印刷】株式会社 堀内印刷所
【製本】株式会社 村上製本所

落丁・乱丁本はお取り替えいたします。
定価は、カバーに表示してあります。

ISBN978-4-576-21091-9

https://charade.futami.co.jp/